飛び跳ねる教室・リターンズ

装幀　大﨑奏矢
装画　太田侑子

本書は、二〇一〇年に亜紀書房より刊行された『飛び跳ねる教室』の全文に、新たに「リターンズ」一章を加え、『飛び跳ねる教室・リターンズ』としました。

飛び跳ねる教室

リターンズ

飛び跳ねる教室

　幼いころ兄が二十人いた。幼稚園から帰って「ただいま」と言うと、兄たちから「おかえり」が二十倍になって返ってきた。兄たちは夜明け前から仕事をし、昼寝をしたあとで夕方には街を駆け回る。わが家は、タバコと缶コーヒーの匂いに満ちていた。

　父は新聞販売店を経営していた。地方からやってきた新聞奨学生や、近所のアルバイトの学生さんたちはみんな、俺の兄さんだった。

　ある大学生の兄さんは、夕刊の仕事が始まる前に、小さな本を読んでいた。チラシ広告が派手に並んだ店の片隅で、兄さんは熱心にページをめくり、ときに笑ったりしている。他の兄さんと一緒に同じページをのぞきこみ、二人で何やら語り合うこともあった。俺はまだ、それを「文庫本」と呼ぶことさえ知らなかった。文庫本はカバーをはずされ、太い指にギュッと曲げられ、それでも大人たちの注目を浴びて誇らしげだった。

　一体、何が書いてあるんだろう。兄さんたちが配達に出たあとで、作業台に残された本を開いてみた。小さくて難しい字ばかり。どこが面白いんだろう。でも、兄さんがあんなに夢中になって読んでいたんだから、これには何か巨大な魔法がかけられているんだろう。

俺は魔法の正体を見つけたくて、家にあった本を手当たり次第に開いてみた。字なんて読めなかったが、兄さんの真似をして嬉しい顔をつくりながらページをめくった。

そのうちだんだん本が好きになってきた。子ども向けの本を一人で全部読みきったときには「とうとう俺も大人になったぜ」とつぶやいた。学校へあがると、本の魅力を語ってくれる先生にあこがれるようになった。

十代後半は濫読の時代。高校の授業中にも、読み終えたばかりの小説の世界をぼんやりと思い描いていた。あるとき、つい居眠りをして、よだれをたらしてしまった。

ノートの上に生まれたての湖。あわてて両手で隠した。「何事にも一生懸命」をスローガンにして、真面目に地道に生きているつもりだったが、月に一度はマヌケな悲劇に見舞われていた十六歳の秋。ほどよく曇った午後。まわりの友達は俺を見て笑った。

だが、国語のS先生はかばってくれた。

「誰にでも居眠りしてしまうことはある。でもな、千葉くん、居眠りをするなら、スッと寝てスッと起きるようにするんだ。居眠りするのは八十八秒以内がベストだぞ」

誰かが質問した。

「なんで八十八秒以内なんですか」

「八十八秒以上寝てしまうと、眠りが深くなって起きるのがつらくなる。八十八秒以内であれば、気持ちよく起きられるし、授業の空白を前後の説明から、なんとか補えるだろう。それにな、八十八というのは人間の運命や健康に影響力のある不思議な数なんだ」

先生は語りだした。「茶摘み」の歌で「夏も近づく」のは八十八夜。星座の数も八十八。ピアノの鍵盤も八十八。四国の霊場も八十八箇所。長寿のお祝いをするのは米寿、つまり八十八歳。そこから話題は広がり、古今東西の歴史や文学の面白いエピソードが次々に飛び出し、S先生の声は熱くなっていった。メガネが曇りがちなおじいさん先生が、こういうときには船出する海賊の顔になる。次第にみんな、先生の話に引き込まれていった。もう誰もが俺の不始末など忘れていた。

居眠りを叱らなかったS先生は、あるとき俺の読書感想文を読んで、こう言った。

「いい文章だね。もの書きになるといい」

先生の小さな顔、大きな目、カスタネットみたいな口もと。先生にとっては、出来の悪い生徒を励ますための、何の根拠もない褒め言葉だっただろう。だが、俺にとっては、背中を押してくれる言葉だった。

進路希望調査票には「将来の希望、国語科の教師」と書いた。だが、胸の奥では「いつか作家になるんだ」と思っていた。もちろん学校の先生になれたら嬉しい。お世話になった先生方の笑顔が浮かぶ。でも、多感な生徒たちに囲まれて過ごすのは大変そうだ。俺みたいな生徒がいたら、その相手をするのはどんなに疲れることだろう。(今まで俺を教えてくださった先生方、ご迷惑をおかけしました。泣)。

大学在学中に作家デビューできたら、それがいちばんだ。そして、作家として生きていきたい。背は低く、運動神経もなく、顔も平凡以下。こんな俺でも、本の世界でなら活躍できるかもしれない。

大学の教育学部に通った四年間、小説、詩、マンガ原作、脚本……。ありとあらゆる新人賞に応募したが、一次選考を通過するのも難しかった。

大学卒業後、三年間だけ中学校の教員として働いたが、二十六歳で学生（大学院生）に戻った。「日本の近現代文学を研究する」というのは表向きの看板。実情は、親のスネをかじりながらの新人賞応募生活。だが、どの賞にも引っかからない。書店で文芸誌の「新人賞発表号」を手にとるたび泣いた。

だが、「下手な鉄砲も」的な奇跡は訪れた。歌人グループ「かばん」への入会をきっかけに本格的に短歌を詠むようになり、二十九歳の夏、作家を志す若者の日々を描いた「フライング」というタイトルの短歌連作で、第四十一回短歌研究新人賞を受賞。歴代受賞者には、あの寺山修司がいる。

地元の新聞にインタビューが載り、ラジオのミニ番組にゲストとして呼ばれたくらいで舞い上がってしまった。短歌の世界には、スーパースターの俵万智がいる。よし、俺も俵さんに続いて大物歌人になってみせる！

三十代に突入し、あわてて『微熱体』という小さな歌集を自費出版した。新人賞受賞歌人のデビュー作ということで、新聞や雑誌の書評欄で好意的に取り上げていただいた。分厚いクリアファイルを買い、自分に関する記事の切り抜きを集めた。だが、あれこれ騒いでもらえたのは四か月だけ。ファイルは最初の五枚を使っただけで終わった。

その後は短歌専門誌から原稿依頼状が来るのを忍耐強く待つ日々。たまに小さな原稿を書いても、原稿料はわずか。新聞販売店を閉めた親のスネは、ますます細くなってきた。カジュアルな服装で街を歩いても学生のふりはできなくなった。

それで教員に戻ることにした。三十一歳の夏、神奈川県横浜市の教員採用試験でいわゆる「一芸選考」が始まった。スポーツなどで一流の実績があれば一次試験を免除され、二次試験から受けさせてもらえるシステムだ。高校の教員になりたいと思ったが、その年、高校の採用人数は極端に少なかった。代わりに中学校の教員はたくさん募集していた。よし、中学の先生になろう！

短歌はスポーツじゃない。でも、文芸の中ではいちばんスポーツに近い。歌会なんて、まるで球技の真剣勝負のようだ。そう強く思い込み、短歌研究新人賞受賞をアピールしてエントリー。書類選考はなんとかクリアし、二次試験に呼ばれた。

試験会場に着くと、周囲は逞しい若者ばかり。どんなに荒れた中学校に行っても、生徒を一言で黙らせることができそうな人ばかりだ。

「自分はオリンピック強化指定選手でした。あなたは？」

「一応、インターハイに二回出ていまして……」

こんな会話が飛び交っている。俺が席に落ち着くと、後ろの席の青年が話しかけてきた。

「あなたは何をやってるんですか？　弓道ですか？」

心の中で「惜しい！」と叫んだ。弓道はスポーツの中ではいちばん短歌に近い気がする。こんなひ弱な俺を見て、よくぞ弓道と言ってくださった。

「一応、タンカをやっていまして」

「ライフセーバーですか？」

その青年の頭の中では「担架」と漢字変換されたのか。頭の中で、自分が担架で運ばれるシーンが浮かんだ。そもそもライフセーバーに担架はつきものなんだろうか。今でもよくわからない。

よくわからないところは笑顔でごまかし、いくつかの試験を終えた。最終面接の面接官は、

「教員をやりながら、第二の俵万智をめざして頑張ってください」

と微笑んでくれた。そんなこんなで、採用試験は無事クリア。

「大学院を単位取得退学して、春から教員になることにした」

友人たちに報告すると、誰もが一応、喜んでくれた。

「よかったね。で、小学校？　高校？」

「ううん。中学校」

みんな驚いたり心配したりした。

「中学校って、いちばん大変なんじゃないの？」

短歌の友人は、もっと辛口だった。

「中学校で働いたら、短歌なんて書けなくなるよ」

「そんなことない。俵万智だって、学校で働きながら一流の歌人になったじゃん」

俺の反論は一笑に付された。

「だって俵さんは高校教師だっただろ」

同時期に第一歌集を出した若手歌人には教員が多いと反論すると、

「そのほとんどが、高校か小学校の教員だよ。中学校は、いちばん残業が多いって聞いた。僕の親戚にも中学校の先生がいるけど、勤務していた学校が荒れに荒れて、学級崩壊しちゃって、心の病気になって入院したぜ」

「前にも、三年間、中学校で働いたことがあるから大丈夫だよ」

俺はなんとか笑顔を保った。

「だって、それはシンガポールの日本人学校のことだろ？　海外に派遣されるエリートビジネスマンの子どもを集めた学校だろ？　そういう学校と公立中学校とは違うよ」

もう何も言い返せなかった。

だが、今さら断るわけにはいかない。中学校は大変だ、中学生は難しい、なんていうのは、中学校の実情をよく知らない人が広めた、いい加減な噂だろう。世の中にはいい中学校がたくさんあるはず。きっと大丈夫。俺は自分の気持ちがぐらぐらしないように、そう強く念じた。

二〇〇一年三月、横浜市立中央図書館に新採用教員が集められた。そこで、俺の勤務先は保土ヶ谷区にある上菅田《かみすげた》中学校だと告げられた。

説明会のあとで隣の席のKさんに聞いてみた。

「中学校で働くのって、大変ですかね？」

Kさんは、他県の中学校で数年間勤務したあとで横浜に来たという。俺より少し若いが、どことなくベテランの風格のある青年だった。彼はニヤリと笑った。

「まあ、大丈夫ですよ。毎朝、教師の話なんか聞こうとしない生意気な生徒たちから『死ね、死ね』と言われる程度ですよ」

俺の脳裏には、「死ね」と言われて倒れた自分が担架で運ばれるシーンが浮かんだ。

①「学校の人」になる

春の設計図

大学に戻りたくなる　先生と呼ばれて耳の奥は海底

残された桜も発光する窓も春の設計図どおりにあれ

古書くさい研究室が懐かしい　教科書めくれば透明な匂い

先生のちんこを叩きにやってくる男子のちんこに夕日が迫る

三十二歳独身の俺に「髪型を変えろ」と迫るすごい女子たち

「先生から見てこのクラスでいちばんのイケメンて誰？」「俺だよ（汗）」「は？（怒）」

「先生」と呼んで「あ、やっぱやめとく」と逃げだす　虹を裏切れない子

少年はパラパラマンガのおしまいの絵になったように少女を見てた

さよならを素直に言えない子が俺の肩を殴って走って消えた

落としものコーナーに一つものが増え持ち主はものに忘れられてく

校庭に誰かが誰かを呼ぶ声があふれて春は逃げだしてった

キモいのが仕事なんです

「死ね」とは言われなかった。彼らはもっと効き目のある言葉を知っていた。

横浜市立上菅田中学校、一年三組の担任になった。最初の学活でこう言った。

「俺のことは、どうか『ちばさと』と呼んでください」

まだ小学生っぽさを残している生徒たちは「エーッ」と騒ぐ。

「本当にそう呼んでいいの？」

「いいよ。みんなとは裏表のないつきあいをしたいんだ。裏でも表でも『ちばさと』と呼んでいいんだよ」

生徒たちと友達みたいに仲良くなりたかった。

大きな声で授業をした。教室に入る瞬間から元気よく、ギャグも織り交ぜてのハイテンショントーク。生徒たちは喜んでくれた。俺はますます声を張り上げた。

だが、ワンパターンはだんだん飽きられてしまう。そのうち生徒を笑わせるギャグを考えるのも苦しくなってきた。いつもふざけてはいられない。教科書の説明をするときには、どうしても真面目モードになる。授業中、俺の話を無視しておしゃべりする子が増えてきた。

「そこ、ちゃんと話を聞け！」

大声を出すと、そのときだけ静かになった。だが、すぐにまたおしゃべりが発生。また、俺の大声、沈黙、またおしゃべり、大声……。繰り返すうちに、俺の声はどんどん鋭くなっていった。

クラス委員の女子が言ってきた。

「先生の授業って、ドキッとする。急に大声で怒鳴られると、苦しくなっちゃう。真面目にやってる子もたくさんいるのに、みんな一緒に怒鳴られちゃうんだよ。いやだよ」

俺は真面目に答えた。

「でも、勉強には厳しさも必要なんだ」

生徒のおしゃべりなんかに負けるもんか！　体力の限界まで声を張りあげた。

ある日、午後の授業で最後列の男子が言った。

「ちばさと、キモい」

小さいが響く声だった。五月の日ざしを浴びながら文法の説明をしていた俺は、チョークを落としそうになった。その子は「ちばさと、キモい」と繰り返した。

「おい！　人のことをキモいだなんて、失礼だろ！」

俺の怒鳴り声はひび割れた。顔が熱くなった。数人がくすくす笑った。

「ちばさと、キモい」

と別の誰かが言った。彼らは新しい闘い方を身につけたのだ。

俺は最初に「キモい」と言った子の前に立ち、今度はわざと声を低くして注意した。その子は「はい」と言い、微笑んだ。「すみません」ではなく、ただ「はい」だった。

それから、校内を歩いていると、どこからか「ちばさと、キモい」という声が投げつけられるようになった。すぐに声のしたほうを見るが、どの子も目を伏せる。俺は「キモい」を耳にするたびに怒鳴った。

「おい、ふざけるな！」

梅雨どき、教室も廊下も湿気で息苦しい。弱った金魚の入った水槽の匂いがする。廊下の掲示板にはマジックで「ちばさと、キモい」と落書きされた。

声が出しにくくなった。授業中、ギャグはなくなり、ただ普通に教科書を朗読し、余った時間にはビデオを見せるようになった。教室では毒花のようにおしゃべりが咲いた。

当時つきあっていた相手は俺に言った。

「どうしたの？　顔が暗いよ。変だよ」

数週間ぶりでやっと会えた日曜日なのに、せっかくの料理を大量に残し、ケンカして別れた。

夏休みが近づいていた。学校の帰り、横浜駅のホームで京浜急行を待ちながら考えた。教員をやめたい。やめようかな。でも、そんなの無責任だ。やめちゃいけない。でも……。頭を振ると、ポロッと何かが落ちてきた。消しゴムのかけらだ。

その日の授業は最悪だった。俺が黒板に説明を書いている間、生徒たちは消しゴムのかけらを投げ合っていた。背後に気配を感じて俺が振り向くと、消しゴム戦争は一時中断される。

「誰だ？　今、消しゴムをちぎって投げた奴がいただろ！」

「誰もそんなことしてませんよ」

で、俺がまた黒板を向くと戦争再開。俺がわざと勢いよく生徒のほうを向いたところ、たまたま消しゴムの一つが見事に俺の口に入った。大笑いする生徒たち。俺は黙って口から消しゴムを取り出した。

そのときの消しゴムのかけらが、知らぬ間に髪の中に埋まっていたんだろう。駅の人ごみの中でそれを踏みつぶし、俺は決意した。夏休みになったらすぐ校長に辞表を渡そう。きっと夏休み中に代わりの先生をさがしてもらえるだろう。だから、休みに入るまでの数週間、なんとか乗り切ろう。人に押されて京急に乗り込み、車両のつなぎ目に立ち、休みまでの日数を何度も数えた。

次の朝、学校に行きたくなくて頭も腹も痛くなった。でも、六時間のうち五時間も授業がある。これまでにも風邪をひいたといっては、ちょくちょく休んでいた。これ以上、他の先生方に自習監督をお願いするわけにはいかない。無理に無理を重ねて学校に行くと、周囲の先生方が心配して寄ってきてくれた。

「どうしたの？　顔色、悪いよ」

俺は弱々しく答えた。

「ええ、ちょっとキモくて」

俺、何を言ってるんだ？　思わず笑ってしまった。

「いえ『気持ち悪くて』って言いたかったんですけど……」

俺があわてて訂正すると先生方も笑った。誰かと一緒に笑うなんて久しぶりだった。生徒たちの言うことは真実だ。ずっと笑うことを忘れていた俺なんて、本当にキモいよな。

笑顔の感覚を思い出しながら教室に向かった。朝の学活。クラス中の視線が突き刺さる。誰かが言った。

「ちばさと、キモっ！」

もう何もかもが馬鹿らしくなった。生徒たちに何を言われたって、そんなのどうでもいい。俺は軽く笑った。深呼吸してから言った。

「いいんです」

それは怒鳴り声ではなかった。大きいけれど、ちょっといい加減な調子が混ざった声だった。みんなが驚いた顔になる。

「キモくても、いいんです。キモいのが仕事なんです」

俺は笑った。久しぶりに自然に笑えた。調子が出てきた。

「俺がアイドルみたいにかっこよかったら、みんな俺に恋しちゃって授業にならないよ。『キャー、ちばさとー、ステキー』なんて大騒ぎの中で授業するのは大変だろ？」

わざと怒ったように言うと、みんなドッと笑った。前の席の女子が言った。

「今でも『キャー』はあるよ。『キャー、ちばさとが来るー。来ないでー』って感じだけど」

俺はコケてみせた。笑いが広がった。ますます調子が出てきた。

「なあ、みんな。学校の先生っていうのは、ちょっとキモいぐらいがいいんだ。ほら、この学校の先生方を見てみろ。どの先生も、ちょっとずつキモいだろ?」

「ひでーこと言ってる」

そう言って男子が笑った。俺はわざと自信たっぷりという顔をした。

「でも、その中でもいちばんキモいのが俺です。ちばさとは『キモい先生・世界ランキング』の三位以内をめざしているんです」

最初に「キモい」と言った子が「はい、はい」と手をあげた。

「ちばさと、大丈夫だぞ。もう一位になってる」

クラス中が大爆笑。

それ以降、授業に行くと必ず誰かがはっきりと「ちばさと、キモい」と言うようになった。それを合図に俺はわざと真面目な顔をしてこう言った。

「キモくてもー」

それに続いて生徒たちが一斉に声をあげる。

「いいんです」

さらに俺が言う。

「キモいのがー」

そしてみんなで言う。

「仕事なんです」

まるでテレビのバラエティー番組の出演者になったように、みんなで声を合わせる遊びを楽しんだ。俺は怒鳴るのをやめた。その代わりに、ちょっといい加減な調子の、明るい声で話すように努めた。

「キモいのが仕事なんです」の流行がすたれるころ、学校は夏休みに突入した。

航海日誌

返されたテストをまるめ、またまるめ、ダリの髭《ひげ》よりまるめてしまう

「先生には名前を呼ばれたくない」と職員室まで言いに来たK

Kの傘　買ったばかりのビニール傘　Kに壊され、もう傘じゃない

草の香の湿布をあげた　Kが自分自身を罰した証の痣《あざ》に

プール掃除で「何か」を見つけ「何か」としか言えず「何かがあった」と報告

爪先で水を跳ねあげ虹にする　好きで嫌いな誰かのために

太陽を刺すように干したデッキブラシ　いつか日陰の真ん中にある

ケータイを錨のようにポケットに沈めて海に行きたがるK

教科書の太宰治につけた傷　太宰が自分につけた傷っぽく

Kの描いた絵を見た　隣でKも絵を見ていた　タイル二枚離れて

体育館裏のなんでもない土の匂いが雨を降らせてしまう

あとがきのように降る雨　「大好き」も「嫌い」も「べつに」で済ます女子たち

「傘じゃなくビニール袋をくれ」というKに袋と傘を持たせた

半透明ビニール袋を頭からかぶりそのうえ傘をさすK

雨に追いかけられる子と雨を追いかける子　いつか雨はあがって

「白い海みたいな空が見えました」一行だけの学級日誌

本はお守り

いつだったか先輩の先生に言われた。

「どんなに嫌なことがあっても、悩みがあっても、教室に入ったら思い切り元気な顔をするんだよ」

生徒が三十五人いれば、三十五の悩みがある。どの子もそれぞれに大変な思いをかかえ、それでも学校に来ている。そこで先生が悲しい顔をしていたら、生徒は余計つらくなる。先生は生徒たちのために、いつも元気でいなければならない。

でも、先生だってごく普通の、リアルな人間だ。個人的な悩みは尽きないし、眠れない夜も落ち着かない朝もある。エネルギー不足のときに生徒の前に立つのは苦しい。ただでさえ月曜日の朝は気が重く、金曜日の午後は「早く無事に終わってくれー」と祈りたくなる。

三十過ぎの新米先生にとっては、教室に行きやすくしてくれる「心のお守り」が必要だった。

最初は、生徒を笑わせるネタがお守りになってくれた。俺の失敗談（特に学生時代の失恋話）、他の先生のものまね、この学校に伝わる七不思議……。面白いネタを思いつくと、それだけで教室に行く勇気が湧いてくる。授業の最初にネタを披露し、大いにウケると、その後の授業は調子よく進む。

生徒たちは言う。

「ちばさと、もっと面白い話をしてよ」

だが、やがてネタは底をつく。

「今日は真面目に授業をやるよ」

そう言っても通用しない。ネタをなくした教員なんて、いきなり宇宙に放り出された小犬のようなものだ。

「ちばさと、なんか元気ないね」

ある子が言った。一年生の午後の授業は始まったばかり。

「そんなことないよ。元気だよ」

そうは答えたものの、俺はドキッとした。見抜かれている。このあとは教科書の説明ばかりのつまらない授業になる。

誰かが言った。

「きっとちばさとは悲しんでいるんだよ。昨日、ドラマでも見て泣いちゃったんじゃねーの？」

「いや、俺はドラマなんて見てない。忙しすぎて、そんな暇はないね」

「いや、本当は見てるね」

あちこちから、からかうような声があがる。俺は白状した。

「嘘ついた。ごめん。本当はちょっと見てる。だって、うちの母さんがドラマに夢中になってて『聡、これ見なさいよ』なんて言うから……」

笑いがもれた。

「いや、これがなかなかいい話なんだよ。俺、何年かぶりで泣きそうになったね」

泣きまねをすると、生徒たちはますます笑う。ちょっと授業が動きだした。

俺は黒板の隅に登場人物の似顔絵（全く似ていない！）を描きながらドラマのあらすじを話してみた。俳優のものまねも混ぜながら。完全な脱線だが、生徒たちは面白がってくれた。

「だいたいこんな話なんだ。じゃ、教科書に戻ろうか」

「えー、続きを話してよ」

「じゃ、今から真剣に勉強できたら、来週の授業で続きを話してあげるよ」

それ以来、授業の最初にドラマや映画のあらすじを少しずつ語り聞かせるようになった。俺が話し始めると教室中の視線が集まる。ちょうどストーリーが盛り上がったところで中断する。

「えー、続きは？」

「じゃ、今から真剣に勉強できたら、次の授業で……」

まるで『千一夜物語』のシャハラザードだった。三十五人の王様は話の続きが気になって、ちばさとの処刑を一日、また一日と遅らせるのだ。

今までにも、授業の最初に面白い本を紹介してきた。本の数ページを抜き出して朗読した。だが、こうなったら思い切って授業の中で、連続ドラマみたいに本を読んでみよう。

あるクラスで倉橋耀子の『風の天使』を朗読してみた。授業の最初の五分。思い切り感情を込め、役者になったつもりでセリフを読んだ。生徒たちは集中して聞いてくれた。読むのをやめると必ず「えー、続きは？」「もっと読んでよ」という声があがった。大事なところで読み間違えると「おいー」とブーイングの嵐に見舞われた。

角田光代の『キッドナップ・ツアー』を読み終えると「この続編ってないの？」

と言われた。伊藤たかみの『ミカ！』を読んだら、ちょっと俺が目を離したすきに本を奪われた。やんちゃな男子たちが夢中になってページをめくっていた。赤川次郎の『赤いこうもり傘』を読んだら教室中に笑いが生まれた。山本周五郎の『ちいさこべ』では、泣く子が出現。長嶋有の『サイドカーに犬』では「いい話だ」と拍手をもらった。三田誠広の『いちご同盟』を読み始めたら、ある女子が言った。

「お願いだから先生、もう読まないで。あたしにその本を貸して。続きは家で読むから。だって、教室で泣きたくないもん」

どの本も、面白そうなところを抜き出して十数回のシリーズにして読んだ。どれも好評だった。アイリッシュの『非常階段』や、ダールの短編も読んだ。モーパッサンの『首飾り』を読み終えると「なんだよ、それ！」と怒りだす子がいた。

教科書の中に、少年が活躍する小説が出てくると、それに対抗して、教科書よりももっと面白い、少年が出てくる小説を読み聞かせた。授業の中で二つの小説を比較する子が出てきた。書名も作者名も明かさずに本を読み始めると、図書室やインターネットで、何の本かを突きとめようとする子が出てきた。図書室で本を借りる子が増えた。

運命も味方してくれた。風野潮の『ビート・キッズ』を読み聞かせてからしばらくすると、生徒たちが騒ぎだした。

「ちばさとが読んでた『ビート・キッズ』が今度映画になるんだって」

吉田修一の『東京湾景』(ディープな恋愛の場面は教室では紹介しにくいので、第一章の出会いのシーンだけ)も、赤川次郎の『セーラー服と機関銃』も、俺が読み聞かせた直後にテレビドラマ化された。生徒たちは職員室に来て、小説とドラマの違いについて熱く論じた。原作のこういうところも、ドラマのああいう設定も、もの足りない。そう言って自分で小説を書き始める子も出現した。

文法の説明をするときも、生徒たちが気に入ってくれた小説の主人公を例文に登場させるだけで、ちょっと面白い雰囲気になった。読み聞かせた本の感想を書きたがる子が増え、作文の時間もいきいきとしてきた。

気がつけば、俺は教室に行くのがだんだん楽しくなってきた。夜、職員室で本をめくる。明日の授業で読むところを練習してみる。それを聞いて隣の席の先生も「続きはどうなるの?」と言う。ハラハラドキドキする場面だと俺自身も嬉しくなる。明日、みんなはどんな顔をして聞いてくれるだろう。

面白い本を抱えて教室に行く。本を開く瞬間、みんなの視線が集まる。
どの目も物語の世界を求めている。

悲しもう、悲しめ、夜空

活用を黒板に書く「悲しもう」「悲しめ」なんて言うことあるの？

同世代みな忙しく月イチの教員詩人の会も消滅

「テスト前だから勉強する」授業中に学習漫画を広げ

校門に書かれたひどくひどすぎる言葉　夜風の色したペンで

「書いたのは誰だ？」悲しくさせられた耳が揺れてた朝の学活

水筒から漏れた氷が溶けるのを見守る窓の近くの男子

「やったのは俺です」友をかばうため職員室に乗り込んだK

「悪いのは俺だ」と別の子が泣いた　ちょうどチャイムの余韻も消えて

クレンザーを「落書き落とし」という教師　落《マイナス》×《かける》落《マイナス》はプラス

落書きを一緒に消してくれたK　夜空の色したピアス揺らして

窓の外たっぷり夜空　学校を一歩出て夜の中へ入ろう

わからないことを放っておく勇気なくて駆け込む有隣堂へ

もう一度、詩を書きたくなる　本棚の隅の素朴な詩集のせいで

帰りのバス最後列で詩を書いた　ここから波を生みだしたくて

真夜中にKからメール「また明日（いや、もう今日か）」で終えた返信

夜明け前一人キッチンでミルク飲む採点すべき答案抱えて

校庭に脱ぎ捨てられたジャージ、靴、夢　一斉に朝になろうか

短歌の神様

上菅田中学校に勤務して一年目。一年三組の担任。そして、この学年の全クラスの国語を担当。「キモいのが仕事なんです」の流行や、本の読み聞かせを通して、なんとか授業が成立するようになってきたのはいいが、問題も多かった。

まず、担任していたクラスの数名の女子に完全に無視されたこと。俺としては何も悪いことはしていないつもりだったが、ときに大声を出したり、注意するときに一方的な言い方をしたりしたのが彼女たちの気にさわったらしい。授業中、机の間を歩くと、彼女たちは俺を避けるようにそっと机をずらす。そのわずか数センチが痛かった。

それから、隣のクラスのある男子と完全に敵対関係になってしまった。彼が掃除をやらずに廊下の陽だまりで寝そべっていたときに「ちゃんと掃除をやろうぜ」と注意したのが、決裂の原因。彼の手を引っ張った俺。必死に抵抗した彼。廊下で激しい言い争いになり、まわりでは生徒たちが騒いだ。

ベテランの先生だったら、繊細な女子には励ますような優しい言葉をかけ、やんちゃな男子には「おー、元気か？」というような世間話をしかけながら心を解きほぐしてあげるだろう。でも、俺にはそんな余裕もなく、ただ「正しいことは正しい」という考えだけで動いていた。

どのクラスにも、本の読み聞かせを通じて会話ができるようになった子たちがいて、彼らが授業中に発言してくれるおかげで、平和は保たれていたが、数名の難しい生徒を思うと、苦しくなった。

「ベストセラー作家になって教員をやめたいと思う　五限が始まる」

当時、こんな短歌を詠んだ。歌人の友達は、

「現実がつらいなら、もっと空想の世界を詠むべきだ。こんな歌、クソだよ」

と酷評してくれた。

眠れない夜には、短歌を量産し、文芸誌の新人賞に応募するための小説を書いた。心のささえは俵万智のエッセイ集『よつ葉のエッセイ』と『りんごの涙』。俵先生は大ベストセラー『サラダ記念日』を世に出した。エッセイ集には教員をやりながら有名歌人として活躍する日々が綴られている。生意気ざかりの生徒たちは、有名人になった俵先生を見直したに違いない。俺もベストセラーを世に出して、生徒たちを大いに驚かせたい。今まで俺をバカにしていた子たち

に「先生って、本当はすごい人だったんだね」と言わせたい。

だが、邪心から生まれた短歌はあまりいい出来ではなく、小説は一編も仕上がらなかった。次から次へと押し寄せる仕事、生意気な態度をとる生徒たち、年をとって枯れてゆく自らの想像力。すべてが作家への道を邪魔するような気がした。

二年目、引き続き同じ学年を受け持った。新しいクラスでも、生徒数名と正面衝突した。厳しく注意する俺。ただ反抗を繰り返す生徒。それを見て心配する真面目な生徒。クラスの雰囲気はどんどん暗くなり、ある夕方、教室の床一面に水がぶちまけられるという事件も発生した。

夏の終わり、NHKから電話があった。教育テレビ「NHK歌壇（※二〇二四現在、番組名は「NHK短歌」に変わっている）」への出演依頼だった。驚いた。電話を切った直後に全身が震えた。短歌の神様は俺を見捨ててはいなかったんだ。あの、大物歌人が出演する番組に、とうとうこの俺が呼ばれたんだ。生意気な生徒たちを見返してやる！

九月。国語を受け持っているすべてのクラスで宣伝した。

「今度、テレビに出るんだ。NHK教育テレビで、全国放送。再放送もされます」

生徒たちから「すげー」という声がもれた。質問も出た。

「なんでテレビに出れるの？」

「俺は、昔、短歌の新人賞をもらったんだよ。それ以来、いろいろな新聞や雑誌に作品を書いてきたし、歌集も出した。じつは歌人なんだよ」

「ちばさと、テレビに出たら、俺たちだけにわかるサインを出してくれよ」

そんなことを言う子がいて、笑いが起こった。

「ピースをしてよ」

「いや、変顔をやってよ」

生徒たちは盛り上がる。俺は内心「そんなサインなんて、出さねーよ！」と笑っていた。マヌケな教員としてではなく、ちゃんとした歌人として真面目な顔で出演するんだ。俺のかっこいいところを見せて、生徒たちを見返してやるんだ。

収録日までドキドキして過ごした。横浜駅東口のデパートで、若者らしく見える服を買った。

十月。いよいよ収録当日。学校には年次休暇の届を出しておいた。買ったばかりの服を着て、にぎやかな秋の渋谷をぶらつきながらＮＨＫへ。

番組のメイン出演者は、あの春日井建。青年期特有の脆さと美しさを描いた『未青年』という歌集で三島由紀夫に絶賛された異才だ。司会は若手歌人ナンバーワンの梅内美華子。第一歌集『横断歩道《ゼブラゾーン》』は若い歌人たちのバイブルになっている。そして、ゲストが俺。

メイクをするために小さな部屋に通された。隣に有名なアナウンサーが座っていた。やっとの思いで「こんにちは」と言った。

スタジオに入り、まず一回、通しでリハーサルが行なわれる。その後、すぐに本番。春日井先生も梅内さんも堂々と話している。俺もがんばって、いつもより低めの声で賢そうにしゃべってみた。まず、ゲストの紹介。その後、番組に投稿された短歌について、春日井先生と俺が交互に批評を述べていく段取りだ。

本番が始まってすぐに「あ、まずい。ヤベー」と思った。話し方は矯正できても、心を飾ることはできない。最初に自分のことを紹介されただけで、動悸が激しくなってきた。緊張していると気づいたことで、さらに緊張が高まる。

「では、この歌について、千葉さん、いかがですか？」

梅内さんが俺に振る。一瞬、話そうと思っていたことを全部忘れた。

落ち着け、俺！　とにかく落ち着いて話すんだ。ここは、いつもの場所だ。

そうだ、教室を思い出すんだ。あふれる日ざし、ざわめき、たくさんの生意気な生徒たち。とっさに口から出てきた言葉は、

「今、中学二年生に国語を教えているんですが……」

俺が評することになっていた短歌には、地方の学校で行なわれている和紙づくりが詠まれていた。自然に、こんなふうに言葉をつないだ。

「生徒たちは、毎日、思いがけないことをしてくれます。先生の言ったとおりに、教科書どおりに、なんて動いてくれない。それぞれの個性で、いきいきと活躍してくれる。そんな生徒たちの姿を見ていると本当に楽しくなります。この歌の中の生徒さんたちも、きっと自分の個性のにじみ出た和紙をつくるんだろうな、と想像して楽しくなりました」

わきの下から汗がにじむ。なんとか無事に着地できた。よかった。でも、なんでうちの生徒たちのことを思い出すと、こんなにすらすら言葉が出てくるんだろう。

後日、番組が放送されると、多くの生徒が話しかけてくれた。

「すごいね。ちばさとって、本当に、本当の歌人だったんだね」

だが、褒め言葉よりもこんな注文のほうが多かった。

「もっと俺たちのことを話してきてよ。あれじゃ少なすぎるよ」

「今度テレビに出るときには、上菅田中にはかわいい女の子がいるって話してよね」

職員室の隣の教具室で、H先生があの番組のビデオを流してくれた。俺は恥ずかしくて、そこに入れなかった。

短歌の神様は、面倒見が良かった。その翌年にはNHKのBS短歌スペシャルにもゲスト出演し、ここでも生徒たちのことを話した。その翌年にはNHK全国短歌大会ジュニアの部の選者をさせていただき、NHKホールの舞台に立って、短歌の選評を述べた。ここでも、自己紹介代わりに、受け持っている生徒の様子を話した。

朝日新聞からも読売新聞からも、文化欄への執筆依頼をいただいた。多くの人の目に触れる媒体で、短歌の新作をまとめて発表させてもらえるなんて、緊張する。だが、俺はもう緊張のほぐし方を知っていた。生徒たちのことを思い出せばいいのだ。結局、朝日にも読売にも、生徒たちのいきいきとした姿を詠んだ連作を載せた。短歌とは、幸せを呼ぶおまじないのようだ。学校生活は波瀾万丈で、いつも笑って過ごせるわけではない。でも、その中で楽しかった出来事を取り出して短歌にすると、学校の中に本当に楽しい雰囲気が生まれてくるのだ。

　大きなメディアで活躍するたびに、生徒たちは「すげー」と喜んでくれた。俺はみんなから尊敬されて、いい気分……、というわけにはいかなかった。生徒たちの注文は現実のさらに上をいった。

「今度は、俺たちを主人公にした本を書いてよ」

「で、ベストセラーになったら、うちらに焼肉をおごってよね」

　三年目、持ち上がりで三年生を教え、秋が終わろうとしていた。俺は自分の気持ちが楽になる方向をめざして歌集をまとめた。自然と、学校生活を詠んだ歌を多く載せることになった。頼りない教員・ちばさとが、生徒たちとのふれあいの中でだんだんと逞しく（？）成長していく展開。タイトルは『そこにある光と傷と忘れもの』。全職員と、担任していたクラス全員にプレゼントした。

「これ、うちらがモデルになってるんだって。本が売れたらモデル料をもらおう」

　そう笑う子もいた。反抗していた子たちも本を受け取ってくれた。

「ちばさとの書いた本が売れて、それがドラマ化されたら、俺、出演したいなあ。俳優としてデビューするんだ」

と言う子がいた。俺もうっとりした。

「ドラマ化で大ベストセラーかぁ。本当にそうなったらいいなぁ。そうなったら俺もそのドラマに出演したいなぁ」

生徒たちは猛反対した。

「ちばさとは俳優になっちゃダメだよ」

俺はムキになった。

「なんでダメなんだよ！ いいじゃん。個性派俳優として人気がでるかもしれないだろ！」

「ちばさとは学校の人だもん。芸能界なんかに入っちゃダメだよ。いつまでもこの学校にいてくれないと」

その場では「ふん。俺だっていつか芸能人になってやるからな」とふざけたけど、その夜、生徒からもらった「ちばさとは学校の人だもん」という言葉がじわじわと染みてきた。

俺は教員には全く向いていない。落ち込みやすい性格で、連絡もすぐ忘れるし、いつも「もっとしっかりしてよ」と生徒たちに言われる。イケメン先生でもなく、スポーツ万能のはつらつとした青年教師でもない。ちょっと変わり者でマヌケな、魅力の乏しいちばさとだ。でも、生徒たちは、こんなちばさとを「学校の人」にしてくれた。

あの日、テレビカメラの前で、頭の中が真っ白になった瞬間、短歌の神様は生徒たちの姿を思い出させてくれた。生意気な生徒たち。生意気だからこそ、いきいきとして面白い生徒たち。

短歌の神様は「生意気さを楽しめ」と教えてくれたのだ。

②

初めての「さんたん」

新しいクラス

３組の生徒手帳に印を押す　「3」がだんだん「**3**」になるまで

新しいクラス　最前列の子のあくびのがまんの仕方を発見

後列の女子はうつむきスカートのしわを直してまたうつむいて

プリントを折ってまた折る　細く長い息苦しさから浮き上がるため

まだ話し相手がいない　昼休み半分過ぎて窓に寄り添う

黒板の隅に落書きした女子がおんなじことをした子に気づく

名を削り「くん」「ちゃん」をつけ流れだす友情という名前の大河

掃除時間「二刀流」など流行《はや》らせる　一人でほうき二本持つ奴

女子たちが連弾をした鍵盤に朝の小犬のようなぬくもり

風の中ひとすじ動かぬ風がある　飛びたい思い、飛ばされぬ思い

昨日五本、今日は七本　そうじ後になぜかほうきが増える三組

M字ハゲ

春休み、職員室で机の上を片付けていると、先生方から声がかかる。

「いよいよ千葉さんも、さんたんだね」

さんたん？　村野四郎の「さんたんたる鮟鱇《あんこう》」を思い出すあたりが、国語教師の悲しさか。

「さんたん、初めてだよね。やっぱり教員は、さんたんをやって卒業式を迎えて、ようやく一人前だからなぁ」

職員室で誰かが「さんたん」について語るとき、そこにはどこか神聖な響きが伴う。三担、つまり三年生の担任。上菅田中学校に勤めて三年目、ちばさともようやく、「さんたん」になるのだ。

同じ学年の先生はほとんどが三年間同じメンバー。俺はずっと最年少のまま。他の先生方は、もう何度も三担を経験している。

「千葉さんは三担が初めてだから、今年度はできるだけ校務を軽くしてあげよう」

学年職員の打ち合わせで、行事のチーフも、細かい係も、他の先生方が代わってくれた。

俺は、「さんたん」になれることが嬉しくて、ちょっと緊張して、まだ春休み中なのに、教室に掲示するポスターを書き、机をきれいに並べ直した。

始業式後、初めてこのクラスのみんなが集まる。わが三年三組の出発。みんなの前に立つだけで、体の芯が震える。「最上級生としてさまざまなことに積極的に取り組み、一人ひとりがしっかりと進路を見つけよう」的な話をするはずだったのに、この日は、

「このクラスを受け持つことになって、嬉しいです。みんな、よろしく」

と言うのが精一杯だった。

最後の学校行事にどのように取り組むのか、明確なビジョンもない。初めての進路指導は不安だらけ。ただ、一つだけ決めていた。「毎日必ず学級通信を出す」ということだ。

「元気で明るい3組のみんな、こんにちは。世界一まぬけな担任、ちばさとです」

学級通信「さわやか3組」は、いつもこんなふうに始まる。手書きのB5版。その日の出来事をエッセイ調でどんどん書いていく。クラス内で「なんでもノート」を回し、そこに書かれた生徒たちのコメントもどんどん紹介していく。

ただし写真は載せない。写真よりも文章を。写真を載せるのは簡単だが、文章は手間がかかる。学級通信は手間がかかったほうがいい。それに、俺がカメラを扱うのが苦手だからということもある（泣）。

「明日の予定」も載せない。事務的な連絡は学活で伝えればいい。学級通信には心のこもった文章を残したい。

朝から元気にあいさつをしてくれた子がいた。避難訓練ですぐに集合できた。学活でたくさんの意見が出た。「さわやか3組」には、毎回、クラスの良かったことだけを載せていった。注意すべきところがあれば、その場で生徒たちに言えばいいのだ。わざわざ学級通信に残す必要はない。

日々いろいろある中で、担任がいいところを見つけて書くようにすると、生徒たちがいきいきとしてくる。

「ちばさと、この前、こんないいことがあったよ。次の『さわさん』に載せてよ」

クラスでは学級通信を「さわさん」と呼ぶようになり、ネタもたくさん寄せられた。あるとき、「なんでもノート」に、「ちばさとはM字ハゲだ」と書いてあった。前髪をたらして、なんとかごまかしているけど、俺の額は広く、生え際がM字のようになっている。このコメントを「さわさん」に載せたら、生徒たちは大爆笑。

「そうそう。そうだよね」

「風が吹くと、ちばさとの前髪ってヤバいな、って思ってたんだ」

俺も苦笑した。それ以来、「なんでもノート」には、気取らない面白いコメントが増えた。勉強についての悩みも、学校行事への熱意も、身のまわりの笑い話も。俺は毎日、「なんでもノート」にも返事を書いた。

「さわさん」を一枚書き上げるには、だいたい一時間かかる。授業の空きが一時間あれば、なんとかなる。だが、空きがないときには、早朝に出勤し、書く時間を確保する。あるとき、急な仕事が入ったために空き時間がつぶれてしまった。昼休み、教室で「さわさん」を雑に書いていると、生徒たちが寄ってきた。俺が、

「ごめん、今日は『さわさん』が出せないかもしれない。昼休みだけじゃ、書ききれない」

と言うと、彼らは頼もしく笑った。

「掃除の時間、みんなでちゃんとやっておくから、ちばさとは見に来なくていいよ。職員室で『さわさん』を書きなよ。この昼休みが二十分、掃除の時間が

二十分。これだけあれば、なんとかなるでしょ」

普通、生徒は先生が見ていないところで掃除をサボるものだろう。掃除監督は教員にとって重要な仕事だ。でも、このクラスは、俺が見ていなくても、それぞれ掃除をしっかりやってくれた。そのおかげで、この日もなんとか「さわさん」が発行できた。いつのまにか生徒の間に「ちばさとが『さわさん』を書くことを応援しよう」という雰囲気が生まれていた。

先生方も「さわさん」を支えてくれた。K校長もS副校長も毎日「さわさん、お疲れさま」と声をかけてくれた。俺が机にかじりついている間、学年の先生方はさりげなく用事を代わってくれた。出来上がった「さわさん」を職員室の机の上に配って回ると、他のクラスの先生が、

「昨日の『さわさん』面白かった。うちのクラスでも朗読させてもらったよ」

と言ってくれた。

わが三組全体が、「さわさん」を通じて家族のようになってきた。俺が、

「担任がマヌケなぶん、生徒たちがしっかり育つ」

と言うと、みんなが「そうそう」とうなずく。学活でこんな話もした。

「俺の家では、ここ数年のうちに父親と兄貴が病気で死んでしまった。弟は結

婚して家を出たから、今、千葉家には母親と俺の二人きり。でも、淋しくはないよ。うちのお母さんはワニに似ているから」

ここで「何でワニなの？」というツッコミが入る。「とにかくワニに似てるんだよ」と答える。

「で、ワニと二人で夕飯を食べながら、学校の話をするんだ。三組の話をすると、ワニ母は大喜びしてくれる。『いい子どもたちだね』って。このクラスのみんなが、うちの子になってくれているんだよ」

すると冗談めかして、

「こづかいをくれるなら、ちばさとの家の子になってあげてもいいよ」

と言う子が出てきたりする。

五月の終わりごろ、教室が蒸し暑くなってきたある日、わが三組にゴキブリが現れた。みんな大騒ぎ。いつもはクールな男子たちも動揺して、

「ちばさと、なんとかしてよ」

と言う。俺は頼もしく笑った。

「よしよし、ここは任せろ」

ゴミ箱からビニール袋を取り出し、それを手にはめて、ゴキブリを追いかけ

る。取り逃がすたびにあがる悲鳴。やがて、なんとかつかまえ、始末することに成功。生徒たちは拍手をくれた。

　俺がゴキブリを捨て、手を洗ってから教室に戻ると、みんなは何やらおしゃべりで盛り上がっている。俺が来たことに気づくと、急に静かになる。

「何？　どうした？　何かあったか？」

　みんな気まずそうに下を向く。しばらくすると、最前列の子がそっと言った。

「さっき、ちばさとがゴキブリを追いかけるためにしゃがんだとき、見えちゃったんだ」

「何が見えた？」

「怒らないでね。ちばさとは額だけじゃなくて、頭のてっぺんも薄くなってきてた」

　俺はうそ泣きをした。それからプッと笑った。みんなも笑った。

風の歌

体育祭　ほどよく晴れている空を校長先生だけ見上げてる

「集まれよー」「集まれ」「集合!-」突風になる体育祭実行委員

はちまきを二本つなげて背に垂らしKは応援団員である

徒競争二位で悔しい子も、二位で嬉しい子もいて、舞う砂、光

風じゃない、光でもない、俺は俺　汚れた塊のまま駆けてゆく

体育祭優勝クラスが終わらない歌うたいながらテントをたたむ

ＣＤの最後の曲を〈繰り返し〉設定で聴く　夜に飢えた夜

体育祭終えて授業日　口笛で誰かが行進曲を吹いてた

＊＊＊

「二組だけ国語の時間に合唱をやってずるい」と陽だまりで泣く

「ぜ」のときに風が生まれる　手を口にあて「かぜ」と言う少年少女

テノールの「風よー」が歌えないTはわざと転んで泣いたりしてた

ケガの子を背負う　背の子は空を背負う　飛行機雲の向こうへ行こう

合唱祭前日「なんか前日っていいよね」と言い残りたがる子

ピアノに降る光と埃　真ん中のあたりの鍵盤じわり火の色

合唱後指揮者の肩を叩く子が一人また一人　やがて全員

合唱祭結果発表　泣きだす子、泣きだす子を見て泣けなくなる子

陽だまりにシャーペン二本　一本は折れ一本は風を見ている

ひとりでに生まれひとりで消えてゆく虹みたいだった　もう遠い背中

プレゼント

わが三年三組は学校行事に燃えるクラスだった。あまりに熱くなりすぎて、担任としては心配な面もあった。

体育祭は九月十九日。夏休みが終わるとすぐに朝練が始まった。学級対抗リレーの選手たちが陸上部に混じってグラウンドを走る。バトンの受け渡しが何度も繰り返された。

「朝練やるの、リレーの選手だけでいいのかよ？」

と男子たちが言いだし、朝練の参加人数はどんどん増えていった。「なんでもノート」には、連日、

「最後の体育祭、みんなガンバロウ！　三組優勝ダーッ！」

という力強いコメントが寄せられた。

体育祭前日、クラスの女子たちが残って応援の旗を仕上げてくれた。真ん中にちばさとの似顔絵。眉毛が少しつり上がって、強そうな表情だ。その上には「さわやか三組優勝！」という大きな文字。俺の顔のまわりには三組全員の名前。

「よくできたでしょ。これで明日は応援、盛り上がれるよね」

と誇らしげな女子たち。俺は「本当にありがとう」と頭を下げた。

「これだけじゃないんだよ。ほら、見て！」

余った布で作ってくれた小さな旗。やはり真ん中には俺の似顔絵。こっちは笑顔全開で優しそうな表情。そのまわりには「ちばさと、いつもありがとう。これからもよろしくね。さわさん一同より」と書いてあった。真っ赤なハートマークが二つも添えられていた。

「あ、あ、ありがとう」

驚いたし、ものすごく嬉しかった。「ありがとう」しか言えなかった。女子たちは俺の背中をバシバシ叩いて帰っていった。

体育祭当日。朝からかなり盛り上がった。朝練の成果が出たのか、徒競争で一位か二位になる子が続出。走りに自信がない子には、クラスの席から大きな声援。大縄跳びなどの団体種目でも、練習よりかなりいい結果が出た。午前の部を終えて、わが三組は学年一位。弁当を食べながら「このまま優勝へ突っ走ろう」と話し合った。

だが、世の中、そんなに甘くはない。他のクラスに追い上げられ、わがクラスはほんの数点差で学年二位になってしまった。

閉会式のあと、三年生は卒業アルバムのためにクラス写真を撮る。撮影後、三組は全員が輪になって健闘を讃え合った。その後、口々に、

「結果は二位で悔しいけど、みんなの気持ちが一つになって最高の体育祭だった」

「次の秋楽会《しゅうがくかい》では、絶対に優勝するぞ!」

堂々と前向きな発言をしてくれるリーダーたちが育っていた。俺は何度も「二位という結果は立派だよ」と言おうと思ったが、その言葉を引っ込めた。

クラス対抗の合唱コンクールを柱とした文化祭「秋楽会《しゅうがくかい》」は十月三十一日。課題曲は「旅立ちの日に」。自由曲は「白いライオン」に決まった。

どのクラスよりも熱心に合唱の練習を始めたのはいいが、そのうち、なかなか歌声がそろわなくなってきた。クラスのあちこちで
「このまま練習を続けていいの?」

「別の曲に変えようよ。それか、練習のやり方を考え直そうよ」

という声があがった。本番の十日前、帰りの学活で有志が、

「今日はこのままクラスに残って、合唱をどうすべきか話し合おう」

と言った。俺が「まあ、コンクールも近いことだし、このままなんとかやっ

ていこう」と口を挟もうとすると、

「先生は黙っていてください。自分たちで解決しますから」

と、そのまま緊急学級会議に突入。誰一人として帰ろうとはしなかった。一人ひとり順番に合唱に対する考えを述べていった。

「やっぱり最後の合唱コンだから、みんながやる気になってほしい」

「今までの練習をムダにしたくない。完璧じゃなかったかもしれないけど、今まで頑張ってクラスを引っ張ってくれた人がたくさんいる」

最後には「この曲のままで、さらに頑張っていい合唱を実現しよう」という結論に達した。俺は教室の隅で見守っていただけだった。

合唱コンクールでも、わがクラスは二位。俺は秋楽会のまとめ役だったので舞台の袖であれこれ働いていた。賞状が届けられ、三組が二位だとわかったとき、嬉しくなって舞台の端に出て三組のみんなにVサインを出した。だが、三組の子たちは、それを「優勝のサイン」だと受け取ったらしい。結果発表と表彰式が終わり、ホールの前に集まったとき、みんなが文句を言った。

「ちばさとが喜んでたから、てっきり優勝かと思ってたのに。残念だな」

「悔しい。あー、優勝したかったのにー」

口を開けば出てくるのは不満ばかり。俺は強い笑顔をつくった。

「よかったよ。みんな頑張ってくれた。一位とはわずかな差だった。立派じゃん。体育祭でも合唱でも、両方賞状がもらえたんだし、みんなは立派だよ」

俺はみんなに満足してもらいたかった。そんなに一位にこだわることはない。夏休み以降、うちのクラスは熱くなりすぎていた。二位であることをもっと喜んでもいいんじゃないだろうか。なんで、こんなに優勝にこだわるんだろう……。

するとある子が言った。

「ごめん。ちばさとに優勝をプレゼントしてあげられなかった」

別の子が言った。

「ちばさとが『さわさん』とか頑張ってるから、うちらみんなで優勝をプレゼントしてあげたかったんだけど……」

涙をぬぐっている子もいた。俺は何も言えなくなり、ホールの中に戻った。

ほとんどの生徒たちは学年の先生と一緒に駅へと向かった。俺は係の生徒たちと一緒に舞台の片付けをした。

「千葉先生、具合でも悪いんですか？」

実行委員の子に聞かれた。俺はトラックに荷物を運びながら、声をあげずにボロボロ涙をこぼしていた。

十五歳のかたち

中三でドストエフスキー読んでいて「なんかいいね」と言う女の子

受験、受験、受験と言いすぎ時々は「受験を受ける」と言い間違える

「三組」は全国に千くらいある　その中でこの三組がベスト

差出人不明の光でいっぱいの冬のプールを見ていた誰か

放課後には「さとし」と俺を呼ぶ子なり　明るい声で「だりー」を添えて

俺の背に頭をあててものを言う「骨伝導《こつでんどう》の実験中です」

「あ、ごめん」と飛ばしたボールは白線を超えてどんどん自由になった

ケータイのバイブの真似が流行りだすクラスの隅の闇はスケルトン

黒板の隅の落書き「オマンヨ」の一本足した配慮に感謝

木片をチップと呼ぶと知ってから音たてて食うポテトチップス

教室に駆け込む男子　担任にニュー上履きを見せようとして

入試用ニュー上履きに寄せ書きをする　内側に「がんばれ」と書く

落ち込んで帰ってきた子を抱くために知可子先生の手はあたたかい

高校に受かり黙ったまま俺に強い握手をしてきたＫは

花びらを風の向こうに置いてみた　得て失ってまた何を得る

「チェリー」をうたいながら

秋以降、進路指導の時間が増えていった。高校入試を前に、ピリピリした空気が漂うこともあった。俺はクラスで言い続けた。

「大変なときこそ、みんなで励まし合おう。ハゲますっていうのは、ここのことじゃないよ」

俺が自分の額を指さすと、脱力した笑いが起こった。

ある朝、誰かが言った。

「ここに大金があったら、みんなで高校を作って、そこにみんなで入学できるのにな」

おっ、それいいねー、という声があがる。俺は言った。

「じゃ、俺がジャンボ宝くじに連続当選したら、その金で上菅田中学校の附属高校を作っちゃおう。この校舎の屋上に建てるんだ。三十階建のビルにして、一階から四階までは今のままの中学校、五階から十階は高校、十一階から上は大学。大学の上には会社をつくろう。で、三組のみんななら無試験で入れてあげるよ。いつまでもみんなで一緒に暮らそう」

お、いいねー。それ、いいねー。盛り上がる中、こんなことを言う子がいた。

「じゃ、校長や社長は、ちばさとだね」

えー、似合わねー！　というブーイングがあがる。

「社長は俺がやる」

「いや、あたしがやる」

俺は重々しく言った。

「俺は校長や社長なんかにはならない。年をとって教員を退職したら、みんなの家の『じいや』として働く。白い手袋をはめて車を運転したり、みんなの子どもを育てたりするんだ。イメージとしては『ちびまる子ちゃん』のヒデじいみたいな感じかな」

「じゃ、ちばさと、長生きしなきゃな」

「うん。昔から『悪者は死なない』っていう言葉があるから大丈夫」

こんな話で盛り上がれるときもあれば、受験のプレッシャーに負けそうになる日もあった。

公立高校入試の前日、みんなの顔に不安と緊張が入り混じっていた。帰りの学活で俺は言った。

「みんな、俺をよく見てくれ」

クラス中の視線が集まる。

「俺は天才だよ。短歌研究新人賞も取った。みんなも知っているとおり、いろんな新聞や雑誌に原稿を書いたし、テレビにもラジオにも出た。で、これから先は、教科書にも文学全集にも作品が載る。一千年後にも文学史の本には『千葉聡』の名が残る。俺は必ず、偉大な歌人になる」

一体、何の話をしているんだ？　みんなの目に「？」が浮かぶ。俺は続ける。

「そんな天才の俺が言うんだから、間違いない。ここにいるみんなは、一人ひとり、とてもいい。お世辞なんかじゃないよ。みんなは、しっかりしてるし、ちゃんと目標に向かって努力してきたし、何より心があたたかい。俺が何かいい作品を書くことができたとしたら、それは、このクラスのおかげだ。みんなが、俺をささえてくれた。みんなが俺の先生なんだよ。ここにいる一人ひとりは、天才以上の人なんだ。明日の面接試験で緊張したら、俺が今言ったことを思い出してほしい」

「何、クセーこと言ってるんだよ」

と笑ったり、照れたり、

「ちばさとの気持ちはわかった。大丈夫だから」

と俺の背中を叩いたりしながら、みんな帰っていった。

やがて一人ひとりから報告を受ける時がきた。保健相談室前の廊下で思い切り泣いたり笑ったり、抱き合ったり握手をしたりした。担任の心配をよそに、みんなそれぞれに進路を決めていった。そのうち放課後、何も用がないのに残りたがる子が増えてきた。

ある夕方、男子たちが残って、俺の肩をもんでくれた。

「ありがとう。楽になった。もういいよ」

だが、力自慢の彼らは「これが筋トレになるんだって」と言って、たっぷりとマッサージしてくれた。中の一人が言った。

「一年のとき、授業中に消しゴム投げてちばさとの口に入れちゃったの、俺なんだ。悪かった」

卒業式が近づいた。「さわさん」は一五〇号を超え、一人ひとりのいいところを紹介していくことになった。卒業式の前夜、最後の「さわさん」一八六号を書き上げた。「みんな、ありがとう」と書いた。字はいつもよりフニャっと曲がってしまった。

　卒業式。一人ひとりがしっかり顔をあげて臨んでくれた。なんとか泣かずに呼名できた。気がつけば、退場の時間だった。

　一組、二組……。担任が生徒の前に立つと、クラス全員が一斉に起立。そして、担任を先頭にしてクラスが二列になって整然と退場する。会場からは大きな拍手。

　いよいよわがクラス。俺が三組の席の前に立つと、みんな一斉に立ち上がった。「せーの」という合図。それに合わせて、三組全員が大声で言った。

「ちばさとー！　今までありがとう！　ちばさとのことは絶対、忘れません」

　顔をあげて、堂々と行進する予定だったのに、俺はうつむいて号泣しながら退場することになってしまった。これ以降、上菅田中学校では、卒業式の退場時に卒業生たちが自主的に感謝の言葉を言うようになった。

　卒業式の翌週、クラス全員が千葉家に遊びに来てくれた。数名は高校の説明会や家の用事で不参加だったが、約三十名が狭いリビングで体育座りをし、混ぜご飯や、から揚げやコロッケを食べた。混ぜご飯は母が作ってくれた。普段、生意気なことばかり言っていた女子が、ワニ母に、

「お母さん、お料理上手ですね」

と話しかけてくれた。たくさんの子が混ぜご飯を持って帰りたいと言いだしたので、みんなでおにぎりを作った。

「ちばさとのお母さんって、本当にワニに似てるね」と言う子もいれば、「全然似てないじゃん」と文句を言う子もいた。帰りぎわに全員がワニ母と一緒に写真を撮った。

夕方、みんなを駅まで送っていった。誰かがスピッツの「チェリー」を歌いだすと、まわりがそれに合わせ、いつのまにか歩きながらの大合唱になった。

俺に耳うちする子がいた。

「この歌、不思議だね。『チェリー』っていうタイトルなのに、歌詞の中に『チェリー』って言葉は出てこないんだよ」

本当だ、不思議だなぁ、不思議だねぇ、と語り合いながら合唱隊について行った。サビの「愛してるの響きだけで……」のフレーズが何度も何度も繰り返された。

③ 発言キングたち

すべては放課後に始まる

許されて放課後になる　ワイルドで真剣なことを始めていいと

言いたくて言わずにおいた思い秘めトランペットの音階練習

祈ること　走り抜くこと　ランナーの目が手が脚が今を突き刺す

夕焼けを青に戻してしまいたい野球部の声、やんで、また声

殴り合いを止《と》めれば「こいつがバスケットボールを蹴ったからだ」と泣く子

仲直り　夜明けに伸びる木の影が小石をなでるみたいな握手

ケガの子がボールを自分から拾う　ボールに拾わせられたくなくて

やりたいこと、やるべきことが増えちゃって明日も来よう生徒会室

「きをーつけ、れい、ありがとうございました」この明るさはきっとバレー部

完全下校チャイムは消えて廊下には日ざしの匂いの闇が生まれた

グレート・ガールズ

卒業生を送り出し、また新しい春が始まった。上菅田中学校に勤めて四年目。俺は一年二組の担任になった。そしてこの学年の全クラスの国語を担当。縁とは不思議なもので、今度の学年には三つ上に兄や姉のいる子が二十人ほどいた。どのクラスでも、俺が「ちばさと」を名のる前に、こんなことを言う子がいた。

「先生って『ちばさと』っていうんでしょ？　姉ちゃん（または兄ちゃん）が言ってたよ。『あんまりちばさとをいじめちゃダメだよ』って」

おかげでにぎやかなスタートをきることができた。

今まで十五歳を相手にしていた俺の目には、新入生たちはずいぶん幼く見えた。だが、彼らのパワーは強大だった。

男子は手をあげてどんどん質問をぶつけてくる。それをもとに授業を組み立てると、また新たな質問が寄せられたりして、国語の授業は面白く盛り上がった。女子の中には熱心に本を読んだり、係や委員会活動を自主的に発展させようとしたりする子がいて、心強かった。数名の女子は「ちばさと教育係」になってくれた。休み時間になると俺にCDを貸してくれた。

「今の若者たちと話を合わせたかったら、とりあえずこの人たちを押さえておいたほうがいいよ」

と当時の最先端のアイドルたちを教えてくれた。たまに教育係たちは雑誌の切り抜きも持ってきてくれた。

「アイドルだけじゃなくてアーティストも覚えないとね。これが福山雅治。これがスピッツの草野正宗。これがミスチルの櫻井で、これがB'zの稲葉さん。これくらい知らないとダメだよ！　ちばさとはよく『俺なんてもうおじさんだから』って言うけど、そんなんじゃダメなんだよ。あきらめたら、人間それで終わり。この人たちはちばさとと同い年かちょっと年上なんだ。ちばさと、頑張ろうよ」

俺は半泣きになりながら「はい」と答えた。

ある放課後、俺が教室に残って仕事をしていると、女子たちがやってきた。

「男子ってなんであんなにバカなの？　あんなにうるさくて、掃除をさぼって。そんな男子のことを、うちらが好きになる日がくるとは思えないんだけど」

中学一年では、たいてい女子のほうが大人っぽい。男子の大半は廊下でふざけたり、ケンカしたり……。

「別に、男子を特別に好きにならなくてもいいんじゃないの？」

俺がそっけなく答えると、大ブーイング。

「だって、大きくなったら恋しないといけないじゃん。ちゃんと恋をしないと、ちばさとみたいに独身のままで終わっちゃうよ」

ひどい。ちばさと、泣いちゃう。彼女たちから見ると、三十代で独身の俺なんて、とっくに過去の遺物なのだ。でも、ここは涙をこらえて、教員として真面目な顔で話す。

「でもさ、男子が幼く見えるのは今だけだよ。三年生になれば、男子も精神的に逞しくなって、率先してクラスの仕事をするようになる。高校生になれば男子も背が伸びて、声も低くなって、女子が重い荷物を持っていると『持ってやるよ』なんて言うようになるよ」

だから、今は男子が子どもに見えても怒ったりしないで、あたたかく見守ろう。俺はそう続けたかったが、女子たちはさえぎった。

「そんなの嘘だね。大人になっても女の人のほうがしっかりしてるじゃん。うちの学校の先生たちを見てればわかる。男の先生より女の先生のほうが頼れるもんね」

一学年四クラスの小さな中学校では、職員も少ない。職員室人口は、管理職、技術員さん、非常勤講師の方を加えても三十人弱。その中でも女性は少ない。学校はハードな職場だ。女性が家庭を持ちながらフルに働き続けるのは難しい。俺が勤務して六年目には、女性教員は七人に減った。

でも、不思議なことに「女の先生が少なくて淋しい」という声を聞くことは、あまりなかった。人数は少なくても、女の先生たちには、存在感があった。

新任のE先生は、とても小柄だが、男子バスケ部の最強の顧問。元気な男子たちもE先生の静かなひとことで黙った。授業の前後、先生が荷物をかかえていると、自然に生徒たちは「お持ちしましょうか」と声をかけるようになった。

養護のR先生は、悩んでいる生徒の話をとことん聞いてくれた。個別支援学級のK先生は学校全体のお姉さん的存在で、悩んでいる職員の話もとことん聞いてくれた。音楽のM先生は穏やかな方だが、学活の時間に生徒に語りかける口調は熱い。体育のK先生は不思議なパワーの持ち主で、担任したクラスは、合唱コンクールで六年連続優勝。英語のS先生は「昼間たくさん働かないと、夜眠れない」と言い、常に体を動かしている。体育祭や駅伝大会の教員チームの要として長距離を楽々と走りぬく。

　そして、誰よりパワフルだったのはC先生だ。「教卓を投げたことがある」という伝説の持ち主。学年主任だが、担任が休んだときには副担任として学活に行く。C先生がクラスに行くだけで、普段は怠けている男子たちが背筋を伸ばし、掃除の時間もすすんでぞうきんがけをする。

　生徒たちが授業中うるさかったりすると、C先生は、

「あとで格技場の裏に来なさい」

　と言う。クラスは急に静かになる。中には「格技場の裏まで行って、何をするんですか？」と言う子がいる。先生は微笑む。

「格技場の裏で、ギュッと抱きしめてあげる」

　生徒たちは大爆笑。そのあとは先生の話に耳を傾けるようになる。

　修学旅行で京都を散策中、他校のワイルドな生徒の一団が、うちの生徒たちを取り囲もうとした。C先生は、とっさにわが校のやんちゃな男子たちを集め、子分を守る親分の顔になって、

「いい？　あたしが先頭を歩くからね。あんたたちは、黙ってあたしのあとについてくるのよ」

と話した。そして、ワイルド団をにらみながら生徒たちを無事に連れ出したのだった。

中学生は難しい年頃だから、逞しい男の先生にしっかり面倒をみてもらったほうがいい、という声をよく聞く。だが、実際に中学校で働いてみると、女の先生の力がどんなに大きいかがわかる。

険しい顔をしていた女子が、C先生の前では弱音を吐き、涙を流す。淋しい顔をしていた男子も、S先生と話をするうちに自信を取り戻す。

放課後、俺のところにやってきた女子たちは、こんなことも言っていた。

「男の先生って、かわいそうだよね。女子が着替えている教室に、男の先生が間違って入ったらセクハラ教師って訴えられちゃうよ。でも、女の先生は強いもん。男子の着替え中に女の先生が入ってきても『あら、まだ着替えてたの。早くしなさいよ』だもんね」

そうだよね。女は強いよね。あたし、女でよかったー。女子たちはそう笑いながら帰っていった。

詩になれ

「詩を作れ、書け」ではなくて「詩になれ」と教えた俺の恥ずかしいこと

新聞の短歌雑誌の広告で「千葉聡」を見て騒ぐ生徒ら

「詩を書きたい。弟子にしろ」と言う少年に「しろ、はないぞ」と言えば「しろよ」と

「風」という語を使わずに放課後の今一瞬のこの風を書け

制服のズボンの裾のギザギザに切れたところにきっと詩はある

石けんを包むネットのざらざらが石けんに埋まりトゲトゲになる

職員室入口で弟子が「師匠」と呼ぶ　同僚たちが「よっ、師匠」と言う

師と弟子と詩を得るために旅に出た　小雨に気づき旅は終わった

弟子はたった三日でノート一冊ぶん詩を書いた　師は三日で二行

シャーペンを走らせる音　走るより立ち止まるとき音は生まれる

夏でした　君と出会って毎日が輝きだして泣きたくなった

小説を書きだし、彼女もできちゃって、弟子はもう詩を書かなくなった
新品のまま廃棄されそうな詩の本を図書室から救い出そう

飛び跳ねる教室

「先生は詩人なんですよね」

新入生から声をかけられた。

「うーん、惜しい。ほとんど合ってるけど……。俺は詩じゃなくて、短歌を書いているんだ。詩人じゃなくて、歌人っていうんだよ」

教室で何度「歌人です」と説明しても、生徒たちは、

「ちばさとは詩人なんだよね」

と言う。とうとう俺はこう応じるようになった。

「詩人にしてくれて、ありがとう」

彼らが口にする「詩人」は、褒め言葉だ。褒められたのに、いちいち文句をつけてしまっては申し訳ない。それに、詩と短歌は友達だ。俳句も川柳も歌詞も祈りの言葉も、根っこのところではみんな仲間だ。

「ちばさと先生はどうして本を書こうと思ったの?」

授業終了五分前、こんな質問が出た。他の子が続ける。

「この前の卒業生は、先生が書いた本を持ってましたよ」

「そうそう、見せてもらったことある」

こんな駆け出し歌人の俺に興味をもってくれたことが嬉しい。ちょっと真面目に答える。

「こうしてみんなと一緒に過ごす一日一日を何かに残したいと思ったんだ。どんな一日も大切なんだけど、何も書かないでいるとどんどん忘れちゃうよね。だから、短歌にして永久保存したいんだ」

するど最初に質問した子がぼそっと言う。

「じゃあ、人生っていうのは、たくさんの短歌が集まった一冊の本なんだね。どんな人でも、なろうと思えば一冊の本になれるんだね」

ナイス発言！　まわりの子たちも、

「おお、いいこと言うじゃやん」

と冗談めかして褒めている。

国語を三クラス教えていると、そのうち一クラスは「発言クラス」になる。とにかく先生に話しかけたい子、その子にタイミングよくツッコミを入れられる子、面白いポイントを逃さず笑える子。こういう組み合わせの三人が揃えば、授業中に面白い発言が生まれる。一つの発言は、さらに面白い発言を生み、授業は盛り上がる。教員は彼らの話を熱心に聞くだけでいい。

国語の授業は、「教師が一方的に話して、それで終わり」というパターンに陥りやすい。でも、そんなのはつまらない。俺はとにかく生徒たちにたくさん発言させたい。

教室を二つに分けて「漢字しりとり」や「音読み五十音」の競争をしたり、文法事項を確認するために「この列の子みんなで答えようクイズ」をやったりした。作文指導の導入として、まず「身近にあった面白い出来事を集めて替え歌をつくろう」という課題を出したこともある。生徒たちから寄せられた面白エピソードを、嘉門達夫の「アホが見るブタのケツ」のメロディーにのせて紹介すると、教室中大爆笑となった。その後、面白い出来事を集めたノートからたくさんの詩や作文が生まれた。

特に文学作品を読むときには、心を解き放ってどんどん発言してもらいたい。小説の一場面を演劇にして感想を述べ合ったり、作中人物になったつもりでコメント合戦をしたりした。

生徒の発言は授業の命だ。俺は、授業中、面白いことを言ってくれた生徒に

「ナイス発言！」「いいねぇ。詩人だねぇ」と言うようになった。

あるクラスに、頻繁にユニークな発言をしてくれる男子がいた。俺は彼を「発言キング」と呼んでいた。授業が少し盛り上がってくると、発言キングは必ずみんなのためにいいことを言ってくれる。

「今日の授業、面白かった」

授業後の休み時間、廊下でキングが褒めてくれることがある。俺はすっかり嬉しくなって、

「ありがとう」

と言う。キングは友達のところへ戻る前に、俺に手を振りながら、

「ちばさとの授業になると、教室が飛び跳ねるんだよ」

と言ってくれた。「教室が飛び跳ねる」なんて、『飛ぶ教室』のケストナーもびっくりするほどいい表現だ。

発言キングは、授業中よく俺に戦いを挑んできた。

「ちばさと、今日の勉強はもう終わり？」

長い説明文を読み、ノートをまとめ終えても、授業終了までまだ二十分以上ある。

「いや、時間があるから次の教材に入ろうかな、と思ってるけど」

「次に入らなくていいよ。何か面白い話をしてよ」

俺は何とか抗戦する。

「でも、勉強を進めないと」

だが、敵はあなどれない。

「隣のクラスは、まだ説明文のところが終わってないって聞いたよ。うちのクラスがいちばん勉強が進んでるんでしょ？　いいじゃん、お話をしてよ」

負けた。こうまで言われたら、よし受けて立とう！

「じゃあ、次から一つ選べ。一、面白い話。二、痛い話。三、臭い話。四、怖い話」

発言キングを中心に、生徒たちは盛り上がる。どれにする？　面白い話って、たいてい面白くないんだよな。臭い話ってなんだろう？　痛い話にしてみる？　なんだかんだ言っても、中学生は刺激を求める年頃だ。結局「怖い話」に決まる。俺はとっておきの怖い話を披露する。声を低くし、時に表情をつくり、全員が静かに耳を傾けるようになった瞬間、急に大声を出して驚かせる。教室中、大騒ぎ。

だが、発言キングの要求は高い。

「そんな、大声でビックリさせるやつじゃなくて、もっと本当に怖い話をしてよ」

こうなったら偉大なる先人たちに頼るしかない。小泉八雲、ディケンズ、サキなどの怖い短編を簡単にアレンジして話してみる。あまりにも残酷な部分はソフトにぼやかして。

「で、それからどうなったの？」

有名作家たちの考えた結末では納得しない子もいる。どうしよう。俺は深呼吸をし、ちょっと考えてから怖い話の続きを語る。雪女は新しい恋を見つけるが、また傷つくことになる。霧の都ロンドンには新たな幽霊が出現し、人々はパニックに陥る。

それは本当に拙い作り話。だが、生徒たちは俺が作り出したいい加減な話を喜んで聞いてくれる。俺の話が面白いわけではない。俺があわてて汗をかく様子が面白いのだろう。

チャイムに救われ、汗をふきながら教室を出る。発言キングが追ってくる。

「ちばさと、面白かったよ」

俺は苦笑い。

「ダメダメ。あんないい加減な話をしてるようじゃ、俺はダメだなぁ」

　キングは俺を励まそうとする。

「いや、なかなか面白かったよ。ちばさとは将来、作家になれるよ。今は詩人だけど、いつか小説も書くようになる」

　三十代後半の俺に向かって「将来」を示してくれるなんて、ありがたい。俺は深々と頭を下げる。

　そういえば、俺は作家になりたいと思っていたんだっけ。教員になるというのは二番目の夢。いちばんの夢は作家になることだった。

　でも、もしも今、俺が書いた小説が大ベストセラーになったとしても、俺は教員を続けるだろう。教員をやりながら作品を書いていくだろう。

　いつか傑作を生み出すことができたとしたら、真っ先に授業で読み聞かせるかもしれない。生徒たちの辛口の批評や、「それからどうなったの」という質問や、励ましの言葉を聞きながら、また次の作品を書いていくだろう。

「今日は、いつも以上に教室が飛び跳ねてたね」

　そう言って、発言キングは友達のもとへ消えていく。俺はキングの背中に向かってちょこんと頭を下げた。

④ ワル（？）たち

冒険のあとで

怒声ひとつ「おい」と投げ出された廊下　チャイムとともに静かになった

三人が授業を抜けても日直は「フツーに微妙だった」と反省

家出とは夜になってから判明する「?」だらけのメールの末に

「大丈夫、なんとかなるべ」皮ジャンを着て出動する林先生

家出した生徒を捜す　プリクラがメロディーだけのカノンを流す

ゲーセンのＵＦＯキャッチャー　笑い顔したまま動けないテディーベア

家出した子は見つかってまず「腹が減った」と言った　言えてよかった

吐き出した唾にひとすじ血がにじむ　靴で踏んでもまだ血らしい血

すぐ食えるものだけ買ったコンビニの看板は舌の先っぽの色

肉まんもアイスも買える晩春のコンビニ　ついでにおでんも買おう

誰が悪い？　何があったの？　聞きたいこと一つも聞かず夜に別れた

廊下グループ結成

上菅田中学校に勤めて五年目。前年度、一年生を受け持っていたので、そのまま持ち上がりで二年生を担当するつもりでいたが、さまざまな校内事情から急に三年生を受け持つことになった。始業式後の担任発表で校長先生が、

「三年二組担任、千葉先生」

と言うと、大騒ぎになった。

体育館を出るとすぐに新二年生たちが寄ってきて、

「ちばさと、二年生の国語は受け持ってくれるの?」

「ううん。ごめん。三年生の全クラスを教えることになるんだ」

心優しい二年生たちは「えー、そんなのないよ!」「ひどいよ」と言ってくれた。

俺のクラスだった男子が言った。

「ちばさとは俺たちを裏切った」

俺は何度も「ごめんな」と言った。

新しい三年生。委員会や部活を通して何人かは知っているが、今まで全く授

業を受け持ってこなかった学年だ。いつになく緊張する春だ。

　最初の学活。教室に入って、

「初めまして。みんな、どうかよろしく」

　と声を出しただけで、わきの下から一気に汗が流れた。

　優しい子の多い、いい学年だった。授業もきちんと成立した。いくつかのクラスでは活発に意見が出された。だが、六月を過ぎて、担任していたクラスの数名の男子が授業に出なくなった。

「授業を始めるぞー」

　先生たちが声をかけても廊下で遊んでいる。そのうち、どのクラスからも男子が数名、常に廊下にいるようになった。学年全体で約十名。廊下グループの男子たちは授業中も廊下で騒ぎ、持ち込みが禁止されているケータイで音楽を聴いた。先生が声をかけると、

「逃げろー」

　と一斉に逃げ出す。始めてしまった幼い遊びは、自分ではなかなかやめることができない。グループの一人ひとりを呼んで、担任がじっくりと話をすれば、

「これからはちゃんと授業に出る」

と言う。一人ひとりに朗らかに話しかければ、次第に心が動いて、教室に戻るようになる。

だが、その翌日には廊下グループに戻ってしまう。

「ほら、教室に行くぞ。一緒に勉強しよう」

とグループの子の背中を押すと、

「あ、今、俺に触った。体罰だ」

と大騒ぎが始まる。俺が冷静に、

「体罰じゃないよ。触ったのがいけなかったら謝る。ごめん。さあ、教室に行こう。一緒に勉強しよう」

と言っても廊下グループは口々に騒いだ。

「体罰だ。セクハラだ。教育委員会に言ってやる」

彼らの言葉がどんなに幼いとわかっていても、それを繰り返し何度も言われると心がズタズタに切り裂かれてしまう。俺の悲しそうな困った顔を見て、廊下グループはますます騒ぐのだった。

こんな騒ぎを聞きながら授業をすすめるのは、かなりつらい。面白い授業になるように準備をして教室に行っても、授業が盛り上がる前に廊下から騒ぎが聞こえる。

「ごめん。ちょっと課題をやっててね」

真面目に勉強している子たちに謝って、俺も廊下に出る。巡回してくださった先生方と一緒に廊下グループの相手をして、また教室に戻る。現状は何も変わらない。

そのうち廊下グループの誰もが簡単に、

「俺たちはワルだ。最強のワルだ」

と言うようになった。

「ワルなんかじゃないよ」

俺が励ますように言っても、彼らには届かない。

「いや、俺たちはワルだ。ワルの中の最強のワルだ」

真面目に授業を受けている生徒たちがつらそうな顔をするようになった。廊下から騒ぎが聞こえるたびに、あちこちから冷たいため息がもれた。とにかくなんとかしないと。

廊下グループの保護者に学校に来てもらい、日頃の様子を伝えた。保護者も、それぞれきちんと現状を見て、

「すみませんでした。家でもしっかりするように言います」

と言ってくれた。帰りぎわにこんな話をする方もいた。

「でも、先生、私もどうしたらいいかわからないんです。家にいるときには優しい子なのに、友達同士で集まると家の前で大騒ぎするんです。何度注意しても騒ぎをやめないんです。なんでこんなことになっちゃったんでしょう」

学校とは、基本的に人の善意を信じる場所だ。これは今も昔も変わらない。廊下で騒ぐ子がいても教員間では「彼らは悪だ。処罰すべきだ」というのではなく、「彼らが騒ぐ原因があるに違いない。まず、彼らの話を聞いてあげよう」「勉強がつらいなら個別に教えてあげよう」という意見が多く出された。

他学年の先生も、校長も副校長も、すべての先生が廊下グループの相手をしてくれるようになった。授業が空いている先生は廊下の隅の陽だまりで彼らの話を聞きながら、数学の初歩を教えてくれた。保健室のR先生は、グループ一人ひとりのために初歩から復習できる勉強ノートをつくってくれた。だが、自称「ワル」たちの騒ぎは、ますますエスカレートしていった。窓から飛び出すふりをし、体育館の屋根に上がろうとし、相談室に入り込んで内側から鍵をかけ、大声で歌をうたった。

先生の空き時間はなくなった。授業が入っていない時間は、すべて廊下グループに捧げられた。廊下で一緒に教科書を広げながら話ができれば、まだいい。ワルたちは音楽を派手に鳴らし、壁やトイレを汚し、ますます騒いだ。こちらがどんなに真剣に注意しても、彼らはすべてを青春の遊びとしかとらえなかった。

生徒指導の実績のある先生がグループの一人ひとりを呼んでじっくり話を聞いてくれた。ベテランの先生が思いを込めて声をかけてくれた。三年の担任の先生たちは何度も何度も家庭訪問をしたり、夜遅くまで学校で保護者と相談したりした。だが、どれも効き目はなかった。

完全下校後、廊下グループがいなくなったと思ったら、今度は電話が鳴る。

「近所で騒いでいる生徒たちがいます。何とかしてください」

駆けつけると彼らがいた。

「あ、来た来た。先生、何かおごれよ」

サンクチュアリにて

「戦え」という落書きあり　足跡が斜めについた廊下の壁に

注意する、叱る、励ます、垂直に降らせる言葉だけ増えてゆく

若者を戦わせようとする法案通過　無臭の雨が降りだす

トイレにはトイレの匂い　その中にさっき泣いてた誰かの匂い

パチンコをしたことのない手が握るパチンコオープン記念のうちわ

先生ならどうしましたかと問うまなざし『俘虜記《ふりょき》』を語りもうすぐチャイム

生徒らはニュースを真似て外国を批判する　辞書にない「正義」の意味

戦争をなくして六十年　愛の告白のように「死ね」という子ら

ケンカした子の腕と肩の熱いこと　いくらでもなんでも話を聞こう

一人を守るために一人が声を出すことで始まる何かがあるのだ

戦争をその手にさせるな　教科書に縦長ハートを書く白い手に

教員ダイエット

「千葉先生、痩《や》せたんじゃない？」

放課後、職員室で隣の席のM先生が声をかけてくれた。

「ええ？　そんなに痩せたように見えますか？」

俺の笑顔には力がない。

秋になった。今までより、もっと授業に力を入れなくてはならない。集めたノートやプリントのチェックも頑張らなければ。この時期の成績は高校受験にかなり影響する。進路指導関係の資料もたくさん作成しなければ。

休日も学校で仕事をした。学年の先生のほとんどが土日も仕事をし、なんとか進路関係の書類を仕上げていた。だが、土日であっても地域の方や他校の先生から「生徒たちが騒いでいます」と電話が入った。ときにはワル自身からも電話が入った。

「困ったこと、やっちゃった……。助けて」

どんな場合も、まず、とにかく現場に駆けつけた。

土日に重要な仕事が終わらず、月曜の早朝に出勤するようになった。授業の下調べは家でするようになった。夜は四時間眠れたら嬉しい、という日々だった。以前の「さわやか3組」のようになればいいなと思って毎日発行していた「にこにこ2組」は中断してしまった。

短歌を書く余裕もなくなった。若い歌人たちの勉強会にも行けなくなった。勢いのある雑誌から作品を依頼されたが断ってしまった。編集の方は、

「千葉さんの『そこにある光と傷と忘れもの』がとてもよかったんで、ぜひ、あれと同じような路線で中学生たちのいきいきとした姿を書いていただきたかったんですが」

と何度も熱心にお電話をくれた。それがつらかった。その他にテレビ出演の話ももらったが、すべて断ってしまった。歌人としての執筆活動は休止状態となった。

俺は四キロ太り、その後、六キロ痩せた。同僚が心配して「痩せたんじゃない？」と声をかけてくれた直後、トイレが真っ赤に染まった。近所の病院に行くと、さらに大きな病院で検査を受けるようにと言われた。翌週、学校を休ませてもらった。

「今週中は体育祭の合同練習が続くから、学年職員みんなでまとめて面倒をみるからね。クラスのことは任せておいてよ」

学年の先生たちがそう言ってくれた。検査や治療で一週間休んだ。久しぶりにちゃんと寝たが、重苦しい夢を見た。つきあっていた相手は電話をくれた。

「外国では、もう十何年も前から学校での非行が大問題になってるんだって。学校全体が崩壊して、仕事中に殺される先生もいるっていうから、気をつけてね」

とにかくつらかった。でも、なんとかやっていくしかない。学校に復帰すると、進路関係の仕事が山積みになっていた。コンビニのおにぎりを片手に、夜遅くまで仕事に追われた。

帰り道、バス停の前でワルグループの数人に会った。彼らは投げつけるように、

「戻ってきたのかよ。お前なんか、学校やめちゃってもいいんだぞ」

「さっさと学校をやめちゃえよ。役立たず」

と言った。彼らの笑い声が遠ざかり、横浜駅行きのバスが来た。

そうかぁ。教員をやめることもできるんだった。生徒から「ちばさとキモい」と言われてやめようと思ったこともあったっけ。もうずいぶん昔に思える。

日の暮れるのが早くなった。ある夕方、卒業生の女子が数人やってきた。

「ちばさと、元気？　なんか今、学校が大変だっていう噂を聞いたんで、来てみたんだ」

「卒業生はみんな、ちばさとを応援してるからね」

　その次の日、ある卒業生男子が来てくれた。保健相談室で一緒にお茶を飲んだ。

「今、学校が大変だって、すごい噂になってるよ。ちばさとが入院して、学校をやめちゃうかもしれないって聞いて……」

　俺は力なく笑った。「入院はしてないよ」と笑うしかなかった。

　卒業して逞しくなった彼は、こう言ってくれた。

「俺は大学に行って教師になる。そんで、いつか、ちばさとと一緒に働く」

　そうだ。やめちゃいけない。この子たちのためにも、投げ出しちゃいけない。まだこの学校でやらなければいけないことが、たくさんある。

　学校でも家でも今以上に仕事をした。電車やバスの中で授業のための資料を読んだ。睡眠時間をさらに削って、家でもパソコンに向かった。受験に関する個人情報は家に持ち帰るわけにいかないので、明け方まで学校で仕事をすることもあった。タクシーで家に帰り、着替えだけして再出勤した。不思議なことに、疲れているときに限って、一首、また一首と短歌が生まれた。再び、いくつか小さな原稿が書けるようになった。

　クラスに行くときには、今までよりもっと強い笑顔をつくるようになった。作り笑いでもいい。落ち込んで暗くなるより、ましだ。ワルたちにも笑顔を向けた。全く授業に出なくなったワルたちのために、数学の基礎的な問題集を買ってきた。他の先生方からも資料をいただき、漢字と英単語の復習用プリントをつくって渡した。

「勉強をする気になったら、いつでもいいから、このプリントをやって持って来いよ」

　廊下グループの何人かはプリントを受け取ってくれるようになった。

　十二月に入ったばかりのある夜、横浜駅で偶然、編集さんに会った。以前、熱心に原稿を依頼してくれたあの編集さんだ。

「千葉さん、ずいぶん痩せましたね」

　俺は教室にいるのと同じように笑ってみせた。

「ええ。仕事のおかげですね。教員ダイエットですよ」

愛と正義と夢とファミレス

読まなくちゃいけない書類積み上げてビルのすきまの空き地を思う

この世は闇　コピー機のフタを開けたまま何も置かずにコピーをとれば

廃棄物置き場は体育倉庫前　古パソコンに初めての雨

夜七時、電話、現場へ、怒鳴り声、不安な目、まず話してごらん

その子たちの話を聞いて、また聞いて、叱咤激励後にまた聞いて

その目から不安と怒りは消えないが手のぬくもりを信じて帰る

ファミレスの良さ　氷水飲み干して残った氷のなめらかなこと

ファミレスのメニューの角はまるまって、これをこうして育った世代

夜十時、教員三人ファミレスでカレーライス食う（サラダは残す）

弁当を忘れた生徒におにぎりをあげて夜食が今日最初の食

学校に来ない生徒をふと思う　皿にカレーのすじを残して

そういえばクラスで「愛」や「正義」など言わない「夢」はよく言うけれど

冷水の氷は消えた　生ぬるい水を二口飲んで帰ろう

ある握手

冬に入ると進路指導のためにますます忙しくなった。ワルグループは相変わらず、いつでもどこでも騒いだ。だが、その大変さを補うように、力を貸してくれる人がたくさんいた。

まず、ワルグループ以外のたくさんの生徒たち。本当によく頑張ってくれた。冬休み前の最後の学活で、こんなことを言う子がいた。

「まだ廊下で騒いでるやつらがいるけど、そういうやつらもそのうちわかるはず。今は、みんな、自分がやるべきことをしっかりやっていこう」

「先生も忙しいだろうけど、頑張りすぎて体を壊さないでね」

しっかりやってくれる子たちのおかげで、授業は成立していた。勉強もクラスの係も頑張ろうという雰囲気が続いていた。

それから、ワルグループの保護者の方々。何かあるたびに何度も学校に来てくれた。

「うちでしっかりしつけができていなくて、すみません。何か目につくことがあるようでしたら、いつでもお電話ください。すぐに駆けつけます」

「うちの子が学校にご迷惑ばかりおかけして、本当にすみません。先生方にも、一生懸命勉強してらっしゃる生徒さんたちにも、本当に申し訳ないです。先生、手に負えなかったら、どうかうちの子を殴ってください」

まさか本当に生徒を殴ったりはしない。ただ、こういう保護者の気持ちは嬉しかった。

当時、学校に理不尽な苦情を突きつける親がいる、とマスコミが言い始めていた。報道の中では、「問題行動をとる子どもの親は、わが子とわが身を守り、悪いのはみな他人や学校のせいにする」と説明されていた。だが、幸いなことに、わがクラスの保護者には、そんな親はいなかった。今は騒いでいる子もいるが、こういう親御さんがいれば、いずれワルたちも良くなるだろう。そう思えた。

学校が大変だと、そのぶん教員同士の結束が強くなる。三年の先生たちは土日も一緒に仕事をし、どんどん仲良くなっていった。日曜の昼に一緒にピザを食べながら「家族みたいだよなぁ」とみんなで笑ったこともあった。どんなめちゃくちゃな事件がふりかかってきても、職員室に戻れば信頼できる同僚がいる。そのことがどんなにささえになったたか。ちばさとは、まわりの先生方にささえてもらうばかりだったけれど……。

年があけると、生徒たちはそれぞれの進路を見つけていった。

卒業式。小雨が降っていた。なんとか無事に式を終え、クラスで記念品を渡し、在校生の列をくぐって門を出た。よかった！　ちゃんと終えることができた。生徒たちを明るく送り出した。

「じゃ、みんな元気でな」

俺が校舎に戻ろうとしたとき、ワルグループの一人がやってきた。

「先生、俺がクラスにいて迷惑だったよね？」

その子から「先生」と呼ばれたのは、久しぶりだった。廊下グループ結成以来、ずっと「おい」とか「てめー」だったから。俺はとっさに答えた。

「迷惑なんかじゃない。いてくれてよかったよ」

最後にかける言葉が冷たくてはいけない。どの子もあたたかく送り出したい。だから、彼らの先生として、本音とは違っていても、とにかく最後には「よかった」と言ってあげたかった。すると、その子は泣きだした。

「先生、ありがとう。ごめんな」

今さらこんなことを言うなんて、反則だ。ずるいや。でも、俺も泣いてしまった。

「いてくれてよかったよ」

と繰り返しながら、この言葉が自分の胸にしみて本音になるまで泣いた。

結局、ワルグループの行動は、甘えの集大成だったのだ。あっけない幕切れだった。

最初は「廊下グループ」だった。それが、いつのまにか俺の心の中では「ワルグループ」になっていった。いくつかのトラブルや失敗を見て、早々に彼らをワルだと思い込んでしまったのは俺のほうだったかもしれない。彼ら自身は、ワルを自称しながらも、心の底では良くなろうとしていたのかもしれない。

俺が涙を拭いていると、クラスのリーダーだった男子が走って戻ってきた。

「どうした？　忘れものでもしたか？」

「うん。やり残したことがあった」

彼は右手を差し出し、

「先生、ありがとう」

と言って握手してくれた。

この子には、いつも申し訳ないと思っていた。担任が廊下グループの対応に追われている間、彼はクラスを守ってくれていた。周囲のざわめきや怒鳴り声に負けず、クラスの仲間たちと助け合って勉強し、ときには廊下グループに向かって「いつまでもふざけてるなよ」と明るく声をかけてくれた。リーダーとして辛い思いをさせてしまったことも、たくさんあっただろう。だが、その不満など口に出さず、今こうして握手の手を差し伸べている。

学校は、たくさんの生徒の気持ちが集まって成り立っている。俺が「忙しい。大変だ」と言っては廊下を駆けまわっていたこの一年間、廊下グループとのやりとりの陰で、どれだけたくさんの生徒が学校をささえてくれたことだろう。決して派手ではないが、とても大きくて真っ直ぐなエネルギーで。

その真っ直ぐさが、今ここにある。

この握手を忘れてはいけないと思った。

⑤ ちばさとのいた場所

職員室にて

六時

湖を叩いて生まれたさざなみのようだ　早朝パソコン起動

上菅田中学校の職員室は一階にある。

朝六時を過ぎると、職員室にはもう体育のT先生が来ている。新人演歌歌手のような端正な顔立ちで、体脂肪率はヒトケタのスポーツマン。T先生のいない学校なんて想像できない。どうしても片付かない仕事があって、始発電車に乗って出勤し「今日こそは俺が一番乗りだろうな」と思って明かりをつけても、すでにT先生の机の上にはバッグがあり、T先生は自分自身のトレーニングとして校庭を走っている。

早朝の職員室は、明かりをつけてもぼんやりと闇が漂っている気がする。森の奥にでも入り込んだ気分。パソコンをつけると、わざとらしくウィーンと目覚めていく起動音。あちこちに残された仕事の山から微熱が放出されている。

学校という巨大な生き物がだんだん目を覚ます。七時には陸上部員たちが走りだし、野球、バスケ、バレー、それぞれの部員たちが集まってあいさつをする。七時半になると音楽室から吹奏楽のカラフルな音階練習が聞こえる。

七時前にはもう、副校長、バスケ部のE先生、英語のS先生が、それぞれの仕事を始めている。俺の仲良しのO先生と野球部のM先生は教具室でパンを食べ、すぐに仕事にとりかかる。通常、俺は調子が良ければ七時ちょっと過ぎに、調子が悪ければ七時半ごろに出勤。M先生の買ってきたスポーツ新聞をちょっと見せてもらってから音楽室に向かう。

八時

「3くみのはるさん、かぜでやすみ　はは」電話のメモに咲いたひらがな
昨日より「おはよう」が半音低いあの子は風邪をひいていないか

吹奏楽部の朝練を終えて、八時に職員室に戻ると、もうほとんどの先生が来ている。「おはようございます」を繰り返すうちに、だんだん仕事モードに切り替わる。

教務のS先生は、どんな朝でも落ち着いた口調で「おはようございます」と言い、学校全体の動きについて多方面と打ち合わせをする。

英語のS先生は朝のわずか数十分のうちに学年全体で使うプリントを何枚も完成させている。

学年主任のC先生は、机にかばんを置くとすぐに各クラスの担任に励まし

とアドバイスを投げかけ、その朝の新聞から読み取った世の中の不穏な動きについて「わたしたちも頑張って声をあげて、生徒たちを守らないと」と熱く語る。

八時から八時半まで電話が鳴り続ける。欠席の連絡、担任への相談、各種問い合わせ。俺の机は電話からいちばん近い。朝の電話には「おはようございます」と明るい声で出るようにする。欠席の連絡には「お大事に」と言い、悩みの相談には「こちらも一緒に取り組んでいきます。一緒に解決しましょう」と励ます。気持ちを声にすることで、だんだん先生の顔になっていく。電話のメモをセロテープでそれぞれの先生の机に貼りつける（セロテープで貼らないとメモがなくなってしまうかもしれないので）。その合間に授業の準備をする。

「おはようございます。○○部の●●です。△△先生はいらっしゃいますか」

　朝練を終えた部長たちが活動場所の鍵を返し、顧問と打ち合わせをする。日直が日誌を取りに来る。期限の過ぎた提出物を持ってくる子もいる。先生から「元気か?」と声をかけられ、生徒も「はい」と笑顔を見せる。中には「先生方も朝早くからお疲れさまです」なんて大人のようなあいさつをする子もいて、ほのぼのとした笑いが生まれる。

八時半

全体の打ち合わせ後に学年の打ち合わせ　「後に」で動く学校

八時半から十分間、職員打ち合わせ。ホワイトボードに書かれた今日と明日の流れを確認。各学年や係からの連絡。担任は机に積まれた配布物の上に手帳を広げ、クラスに伝えることをメモする。全体の打ち合わせに続いて、学年ごとの打ち合わせ。早口で各クラスの気になっていることを相談し合ううちに八時四十分が近づく。担任は教室へ駆けつける。

八時四十分のチャイム。各クラスで出席をとる。八時五十分までの十分間が朝学活。日直が真面日な声で号令をかけ、その日の予定を確認する。担任は連絡事項を伝え、何かを熱く語る。その後のわずか数分間で、担任とクラスの個性が発揮される。学級通信を読んだり、誕生日の子を祝ったり、係活動の報告をしたり、歌をうたったり……。クラスそれぞれの活動。笑い声があふれるクラスもあれば、真面目に話を聞くクラスもある。その間、副担任は昇降口を見回り、遅刻してきた子に声をかけ、職員室のホワイトボードに各クラスの出欠状況を書く。

八時五十分から五十五分まで、わずか五分間で一時間目の準備をする。生徒たちは教室や廊下でおしゃべりをして、ちょっと気分転換。だが、担任は走り回る。職員室に戻り、ホワイトボードを見て、欠席の連絡が入っていない子に電話をかけ、気になっていることを学年主任と副担任に話し、一時間目の授業で使うものを持って、再び教室に駆け上がる。

その間、クラスの教科係が先生を迎えに来たりして、職員室の入り口はにぎやかになる。三年のあるクラスからは教科係として女子が六人もやってきて、ベテランのS先生を見つけると「ダンディーS」と呼んで手を振る。教科係は先生の荷物を運んでくれる。中には、

「先生、今日もがんばりましょうね」

と励ましてくれるマネージャーのような子もいる。

九時

マグカップのコーヒー冷めに冷めてゆきそれを飲まずに授業する人

　一時間目の授業が始まると、職員室はちょっと静かになる。授業のない先生が数名残り、次の授業の下調べをし、小テストの採点をし、学級通信を書き、委員会活動の準備をし、学校行事のプリントを作る。だが、空き時間をずっと事務仕事に費やすわけにはいかない。職員室には具合の悪くなった子がやって来たり、相談ごとの電話がかかってきたりする。事務仕事をしていた先生は、何かあるとすぐに立ち上がる。コーヒーやお茶をいれても、それをあたたかいうちに味わう余裕はない。

　授業終了のチャイムが響くと、職員室にいても上の階のざわめきが降ってくる。授業を終えた先生が戻ってきて「〇組の授業、面白かったよ。●●がこんなことを言ってね……」と話してくれる。どのクラスにも面白い子がいて、その子たちの発言のおかげで授業内容がぐんと深まるのだ。俺も授業で何かいいことがあると、すぐに職員室で自慢する。先生たちも喜んでくれる。だが、逆に授業でうまく説明できなかったり、準備していたネタが生徒たちに不評だったりすると、落ち込んで職員室に戻ってくる。

「気にするな。一〇〇点満点の授業なんて、なかなかないんだ。失敗したところを改良していくことで、いい授業が生まれるんだ」

ここにいると先輩の励ましの声が日ざしのように降り注ぐ。同じ国語科のK先生やE先生は授業で使えるプリントをくれる。永遠の文学少女のI先生は元気の出る本を貸してくれる。学年主任のC先生は、そっと机の上にバナナを置いてくれる。

単純なちばさとは、それでちょっと回復するのだ。

十三時

昼休み　騒ぎの中にも暖流と寒流があり　学校は海

昼休みには学校全体が震える。生徒たちは校舎内でおしゃべりし、グラウンドでサッカーをする。体育館のそばでバレーボールをする女子もいる。その合間に、職員室にはいろいろな生徒がやって来る。部活や委員会のことで相談がある子、悩みをかかえている子、勉強を教えてもらいたい子。職員室の入り口付近で、先生と生徒がじっくりと話をする。昼休みの喧騒の中、ここだけは静かな時間が流れる。

十五時二十分

埃よ舞え　ほうきよ回れ　ぞうきんよ濡れろ　生きてる手に生かされて

一日でいちばん学校がにぎやかになるのは、掃除の時間だ。六時間目が終わって二十分間は全校一斉掃除。生徒は全員、各班で分担された掃除場所に移動。先生も掃除監督として駆け回る。この間、職員室にはほとんど人がいなくなる。

副校長が一人で留守番をしてくれる。
掃除が終わると、班員が集合して「反省」をする。担当の先生が「掃除ファイル」にサインをする。班長が号令をかけ、礼。ざわめきがフェードアウトしていく中、掃除は終わる。

十六時

空を見るなら放課後がいちばんだ　「あこがれ」の「あ」の口をして見る

放課後は部活。体育のT先生が赴任して、陸上部員を全国大会に出場させてから、わが校は部活動がますますさかんになった。俺も吹奏楽部で指揮棒を振り回す。ひと休みするために職員室に戻っても、人はほとんどいない。先生たちは部の指導、会議、出張などで、あちこちを飛び回っている。

十八時

印刷機回りとまどい揺れながら直角なものばかり吐き出す
誰もいない校庭を覆う影たちが夜になる　誰のためでもなくて

やがて完全下校。生徒たちが全員帰ると、職員室周辺は華やぐ。パソコンコーナーは満員。先生たちは事務仕事を片付ける。

パソコンの操作がわからなくなると、必ず誰かが教えてくれる。非常勤講師のM先生はパソコンについて何でも知っている。その合間に海外での冒険談を披露して笑わせてくれる。

印刷室では印刷機がフル稼働。刷り終えたプリントを整理しながら、集まった先生同士で情報交換や打ち合わせ。保健室ではR先生を囲んで若い先生同士が人生相談をすることもある。

夜七時を過ぎると、数学のK先生と体育のT先生はカップラーメンで腹を満たしてからまた仕事に取りかかる。誰かが「疲れたー」「腹減ったー」とつぶやくと、必ずS副校長がお菓子と「お疲れさま」という言葉をくれる。受験生を気づかう母のようだ。

俺の仲良しのO先生は、仕事に追われている俺にチョコパイをくれる。お返しに俺はせんべいをあげる。

刑事ドラマから抜け出してきたようなイケメンH先生が「今度、飲みに行こうな」と言ってくれる。音楽のM先生やダンディーS先生や数学のK先生が「そろそろ帰ろう。車に乗せていこうか」と聞いてくれる。お言葉に甘えて、本日は店じまい。車の中でK先生はJ－POPの原点についてレクチャーしてくれる。

平和な日であれば、二十時を過ぎると、職員室に残っているのは数人。俺が退勤したあとも、体育のT先生は仕事を続け、夜の校庭を走る。T先生が走り終えるころ、学校はゆっくりと眠りにつく。

二十二時

辞書を閉じ教科書を閉じ夜も閉じられるものなら閉じてしまおう

何かがあると教員は夜も学校に残り続ける。特別な相談をするために保護者が来校し、相談室で夜の十時過ぎまで話し合うこともある。生徒がトラブルに巻き込まれ、その対応のために地域に出動することもある。なんとかそれぞれの役割を終えて職員室に戻ってくると、同じ学年の先生方が残っていて、「お疲れさま」とともにお茶をいれてくれる。蛍光灯の光が眼にまぶしく、お茶はどんなときでもお茶の味がする。

このお茶を飲みながら、何度苦しい話をしただろう。つらいときほど同僚のあたたかい言葉が胸にしみた。

何事もない日なら、夜十時を過ぎて職員室に残っている人はいない。ただ、仕事の遅いちばさとは、定期テストの前夜に、問題を作るために夜遅くまで残ることがあった。国語のテストが実施されるその日の朝になってテストを印刷することも多かった。しめきりぎりぎりにならないと仕事に取りかかれない自分が本当に嫌になる。日々、やるべきことが多くて、なかなかテスト作成にまで手が回らないということもあるが（それは言い訳かもしれない……）。

多くの先生方はテストの前日には印刷を終え、それぞれ耐火書庫にテストをしまう。

「もし明日、私が交通事故にあったら、テストはここにしまってあるからね。よろしく」

と俺に声をかけ、みんな普通の時間に学校を去っていく。

「千葉さん、頑張るねぇ。無理しないでね」

とO先生は言ってくれるが、テストがかかっているんだ、無理しないわけにはいかない（というより、ぎりぎりに仕事を始めた自分がいけないんだけど……。泣）。

問題文を読み上げたり、いい選択肢を思いついて「あ、俺って天才かも」とつぶやいたりしながら一人でパソコンのキーを叩く。「これはいい問題だ。さすが天才！」と言っては問題用紙を打ち出し、間違いがないか赤ペンでチェックしてみる。

「天才なら真夜中に一人で残ったりしねぇよ」

誰も言ってくれないので、自分で自分に突っ込んでみる。変で寂しい夜。

あるとき、やはり一人でテストを作っていた。夜十時を過ぎて電話が鳴った。

自宅にいるときのように「うぉー」と声をあげて驚いたあと、電話に出た。

「こんな夜中に何で明かりがついているんだ！　学校の電気代は税金で支払われてるんだろ？　税金の無駄づかいだ」

どうやら近所の方のようだ。

「すみません。明日のテストを作っているんです。もう少しで出来上がりますので」

と謝って電話を切った。だが、二十分ほどたって、インターホンが鳴った。

「まだ明かりがついているのは、どういう訳なんだ！」

玄関に出てみると来訪者はかなり酔っていらっしゃる。

「すみません。もうちょっとで終わりますので」

と話しながら俺が玄関の照明をつけると、相手は「おぉー」と驚き、そのまま帰ってしまった。

俺の右手は大ケガをした人のように真っ赤に染まっていた。さっきあわててインターホンに出たとき、赤ペンを落として踏んでしまったのだ。それを拾って玄関に駆けつけるうちに、どうやら赤インクが手に広がってしまったようだ。人騒がせなちばさとである。赤インクはハンドソープで丁寧に洗ってもなかなか落ちなかった。しばらくは赤く染まった手で授業することになった。

音楽室の住人たち

先輩になる　サックスの留め金の壊れたケースの持ち方を覚え

部日誌を「部誌」と呼ぶ子と「日誌」派と分かれて、それはそれでいいのだ

　上菅田中学校では六年間ずっと吹奏楽部の顧問だった。四階の音楽室で正義感の強い女子たちに囲まれ、指揮棒を振った。

　最初の数年間は、俺自身がクラス担任の仕事に追われて、あまり部活に力を注げなかった。意欲的に取り組もうとしていた部員たちには本当に申し訳なかった。

　毎年、夏になると横浜吹奏楽コンクールに出場するのだが、一年目、結果は「銅賞」（すべての参加校に、金、銀、銅のいずれかが贈られる）。表彰式から戻っ

てきた部長が、審査員のコメントと審査結果表を見せてくれる。わが部は、限りなく最下位に近い銅賞だった。コンクールの帰り道、ものも言わずに歩いた。惨めだった。

二年目の夏も銅賞で終わり、秋が深まって三年生が部を引退すると、新部長を含めた二年生四人がミーティングをしたいと言いだした。

「部を根本的に変えなきゃダメだと思う。もう銅賞はいやだ。練習がきちんとできる部にしたい」

熱い気持ちはよくわかった。でも、具体的に部をどう変えていったらいいか、俺には何も考えがなかった。

「とにかく来週、ミーティングをするから、ちばさとも来てね。部を良くしていこうね」

新部長たちに言われて、俺はうなずいた。

ミーティングの日、部員たちの前に二年生四人が立ち、こう言った。

「みんなで、もっと上手くなっていきたい。練習もちゃんとやっていきたい。みんなでいい音楽をつくっていきたいんです。そのために……」

きっとこのあとは「楽器の準備を手早く」とか「朝練に遅刻しないように」とか、

厳しい注意が始まるんだろうな、と予想した。だが、違った。驚いた。新部長はこう言ったのだ。

「今から、一人ひとりのいいところを言います。ちゃんと聞いてください。まず、○○ちゃん」

後輩一人ひとりを指名して、起立させると、二年生たちは順番に、その子のいいところを書いたメモを読み上げていった。

「○○ちゃんは、いつも明るくて元気にあいさつしてくれる」

「●●ちゃんは難しい曲でも繰り返し練習をがんばっている」

「△△ちゃんは真っ先に楽器の片づけを手伝ってくれる」

みんなそれぞれにいいところがあるんだから、そこを伸ばしてがんばっていこう。みんなのいいところが集まれば、きっといい部になる。部長たちは真剣に話した。

いいところを褒められて照れている一年生たちの横顔が夕日に照らされた。このミーティングのおかげで、部の雰囲気が少し変わった。残念ながら三、四年目も銅賞だったが、審査結果表を見ると、順位が少しずつ上がってきていた。もう少しで銀賞に手が届きそうだった。

五年目、コンクール前に三年生の部員が言いだした。

「上手い部は、あいさつがきちんとできる。うちらも、ちゃんとあいさつしたり、練習中に大きな声で返事ができるようにしようよ」

俺は考えの甘い教員なので、生徒たちに一斉にあいさつや返事をさせるのが苦手だった。昔の軍隊のようなイメージが嫌だったのだ。だが、この三年生たちの提案を受けて、部の指導方針をちょっと変えてみた。

まず練習開始時には部長の号令に合わせて、一斉に「お願いします」とあいさつをする。それから、俺が演奏について指示や注意をしたあと、言葉を切ってちょっと間をとる。その間をつかんで、指示された部員は「はい」と答える。「お願いします」をそろえるためには部長の号令をきちんと聞かないといけない。「はい」のタイミングをそろえるためには、いつでも声が出せるように気持ちを高めておかなくてはいけない。

しっかりした声が出せるようになると、練習内容がぐんと濃くなった。一斉に声を出すというのは、軍隊ではなく音楽の基本につながっていたのだ。

吹奏楽部がいきいきとしてくるのを、多くの先生方があたたかく見守ってくれた。音楽のM先生は部の会計など面倒なことをすべて引き受けてくれた。Y

校長は、

「千葉先生と吹奏楽部との絆は強いですね」

と褒めてくれた。

おかげでこの年は、銀賞をいただくことができた。表彰式で、

「上菅田中学校、銀賞」

とアナウンスされた直後、俺が「ウォー」と声をあげたら、三年生部員から、

「恥ずかしいからやめて」

と注意された。でも、本当はみんな嬉しかった。審査結果表を見て、ぎりぎりの銀賞だと判明。銀賞の中では最下位に近かった。でも、銀賞だ。もう銅じゃない。

六年目、俺は進路指導担当をつとめることになり、クラス担任を外れた。放課後、部で「今年はクラスを持てなくて悲しい」とぼやいたら、三年生が言った。

「いいじゃん。クラスがなくても、部があるよ。部活を一生懸命やればいいじゃん」

そうか。そういう考え方もあるか。俺はとにかく部のことを頑張ろうと思った。

この年の三年生は全員女子。パワフルで個性的で芸達者な、まさに「グレー

ト・ガールズ」だった。みんなの母親のような器の大きな部長。先々のことを考えられる好人物の副部長。その他にも、部長を陰でささえる正義感の強い裏番長、歌の上手な芸能部長、お笑い専門家、「ゆず」など最新の音楽の研究家、気がつけば自己申告でさまざまな役職が生まれていた。後日、文化祭の有志のステージで踊るお嬢様ダンサーまで出現した。まるでアイドルグループのようだった。元気な雰囲気に引き寄せられるように男子部員も増えた。

文化祭では、T副校長がドラムを叩いて、わが部と共演してくれた。三年生たちはサングラスの似合う副校長を「アニキ」と呼んで慕った。

面白いメンバーが集まる音楽室は、自然と行きたくなる場所だった。放課後、会議や打ち合わせがなければ、俺はすぐに音楽室に行くようになった。会議があっても、

「すみません、ちょっとトイレに」

と会議を抜け出して音楽室に様子を見に行ったりした。

「すいそうがくぶー、すいそうがくぶー。世界でいちばん良い部活。すいそうがくぶー」

と「すいそうがくぶ屋さん」になったように、いい加減なメロディーでうた

いながら階段をのぼっていくと、一年生たちが、

「あ、ちばさとが来た！」

と寄ってくる。われわれは音楽室に住む大きな家族のようだった。

夏のコンクールの前日、部長が部員みんなに手紙をくれた。一人ひとりに励ましの言葉が書いてあった。なんと俺にまで手紙をくれた。

「ちばさと、いつもありがとうございます。当日は緊張して指揮が速くならないようにしてね。でも、もし速くなっちゃっても、私たちみんなでついていくから大丈夫です」

小心者の俺は、人前で演奏するときに、とにかくテンポを速くしてしまう癖がある。そうか。なるほど。よし！

いよいよ本番。大きなステージに立ち、部員みんなの顔を見る。いつもなら緊張するのに、このときはなんだか楽しくなってきた。部員たちも堂々としている。譜面の隅には部長からの手紙が貼ってある。

驚くほどのびのびと指揮ができた。演奏も、今までいちばん良かった。退場するとき、ステージの袖にかたまって楽器と譜面をかかえながら「よかった」と言い合う子たちもいた。

結果は銀賞。審査結果を見ると、出場校の中で、ちょうど真ん中より少し上にまで順位を上げていた。あと数点取れたら、銀か金か微妙なラインまで手が届きそうだった。

帰り道、部員たちが「おごって」というので、「いいよ」とファーストフードの店でハンバーガーを二十個買った。夏の夕暮れ、熱い風に吹かれながらゆっくり歩いた。

「楽しかったね」

「このメンバーが集まったから楽しいんだよ」

そんな声が聞こえた。俺がにやにやしながら、

「今日は指揮もなかなか上手だっただろ？」

と聞くと、ハンバーガーの匂いとともに、

「まあまあだったよ」

と笑われた。

⑥ さようなら、上菅田中学校

あのころ聞こえていた声

会議中タケ先生が手と頬であたためていたグラブとボール

授業では穏やかなのに野球部には大声を出すタケ先生なり

野球部が先生を呼ぶ　白球は夕日の色に、夕闇色に

普通授業終了　連絡黒板に「式練」「学活」だけ並ぶ日々

卒業式前日　校歌の練習を終えて激しく帰る生徒ら

何もない空「何もない」というのは泣きたがり屋が愛した言葉

去年から置きっぱなしの柔道着　その持ち主も今日卒業す

置き去りのものにも先輩後輩がある　臭う靴、未使用ノート

そこにある　あるだけでいい　来賓の祝辞も花ももらい涙も

三年間みんな本当に（　　　　）↑空欄に好きな言葉を入れ卒業せよ

卒業生最後の一人が門を出て二歩バックしてまた出ていった

何もない教室　さらに何もなくするのが担任最後の仕事

高校の制服を着て担任に会いに来る子ら　三月も終わり

次にいく学校が決まり真夜中にタケ先生は荷物を捨てた

新しい顧問の名前を覚えずにただ「先生」と呼ぶ新部長

卒業式の奇跡

上菅田中学校での六年目、三年生の担当になった。一年生のときに担任していた、グレート・ガールズと発言キングたちのいる学年だ。廊下を歩くと「おかえり」と言ってくれる子がいた。他学年の授業も担当するなど、国語を受け持つクラスが増えたため、担任からは外れたが、進路指導係として学年全体のお世話をすることになった。

「ちばさと、来てくれてよかった」

最初の国語の授業でいろんな子から握手を求められた。大いに照れてしまった。

それからの一年間、生徒指導の関係で夜遅くまで学校に残ったことは一度もなかった。修学旅行には学年全員が参加した。大きなトラブルも事故もなし。帰りの新幹線の中では、生徒も先生も一緒になってなごやかにトランプやUNOをした。普通、修学旅行から帰ってくると教員は疲れきっているものだが、今回は職員の反省会で、

「このままもう二、三泊してもいいくらいだ」

という声があがるほどだった。

体育祭では学年全体で見事な「ヨサコイソーラン踊り」を披露し、観客を沸かせた。秋楽会では、どのクラスも思い切り声を出し、大音量、大迫力の合唱コンクールとなった。午後のアトラクションのステージではダンスユニット「SOI団」が独自のダンスを披露し、拍手喝采を浴びた。受験シーズンになると、総務委員（クラス委員）が書いた「受験応援ポスター」が廊下に貼り出された。

例年、進路が決まってくると、授業をいい加減に受ける生徒がちらほら出てくる。それが、この学年では最後の授業まで学習態度が乱れることはなかった。入試や成績に直接は関係しない課題にもいきいきと取り組んでくれた。生徒たちが頑張ったおかげで、教科書の勉強が早めに片付いたので、俺はつい調子に乗って、古典のプリントを作った。

「これは、高校で習うかもしれないけどね」

と言いながら、高校でも扱うような作品を教室で読んだ。

一月の終わりごろ、生徒会のメンバーの中から「この学年にふさわしい、今までにない感動の卒業式を実現したい」という提案があった。二月に入ってすぐ、昼休みに生徒会役員経験者が集まり、相談した。

「卒業生代表の言葉の中で、卒業生全員を紹介したいね」

式の中で「代表の言葉」を読み上げるのは元生徒会長のAくんと決まった。ここに集まった生徒会メンバー全員で、卒業生一人ひとりのキャッチフレーズを考え、それをAくんに読みあげてもらうことにした。また、このアイデアは、他の人には絶対知られないようにしよう、当日まで秘密にしておこう、と約束した。

それと同時に、三年の総務委員の中からも内緒の提案があった。卒業生の合唱の前に、総務委員からメッセージを発表したい、とのこと。こんなふうに、卒業式に向けて、秘密の計画が二つ進んでいった。

卒業式の朝、代表の言葉を述べるAくんは、早めに登校し、誰にも聞かれないように「代表の言葉」の練習をした。この言葉の内容は先生方にも内緒にしていた。

いよいよ開式。式が始まってしまえば、俺は三年職員の席からすべてを見守るだけ。どうかすべて成功しますように、と祈るばかりだった。なかなか厳粛な雰囲気で式は進行していった。

いよいよ卒業生代表の言葉。名前を呼ばれ、Ａくんは「はい」と元気に立ち上がった。スポーツマンらしいさわやかな姿勢だ。壇に上り、校長先生のほうを向き、ポケットからスピーチ原稿を取り出して読み始めた。

「僕たちは今日、たくさんの思い出を胸に上菅田中学校を卒業します……」

最初は、ごく普通の「代表の言葉」だ。会場にいた誰もが、このあとは「初めて中学校の門をくぐった日、桜の花びらが……」のように続くと予想していただろう。

だが、Ａくんはこんなふうに続けた。

「僕は心から思っています。ここにいる卒業生全員が最高の仲間であると。一人ひとりが燦然と輝いていることを。卒業生代表の言葉としては、あまり例のないことかもしれませんが、この場をお借りして卒業生全員を紹介させていただきます」

そして彼は卒業生のほうを向いた。このあと、長く校長先生には背中を向けることになるが、それはお許しいただけるだろう。

「クラスを力強く引っぱってくれた○○さん、いつだって幸せな笑顔のパワー●●さん、スポーツならこの人におまかせ△△さん、人と人とをつないでくれる最高のリーダー★★さん……」

生徒会メンバーが考えてくれたキャッチフレーズを披露していく。最初は会場から驚きの声が湧き起こった。だが、すぐにみんな真剣に耳を傾けだした。面白いフレーズが飛び出すと、ほのぼのとした笑いが起こった。卒業生一人ひとり、うなずいたり照れたりしながら聞いていた。

だが、百二十人ぶんの紹介をするのだから、Aくんはかなり大変だ。途中で咳が出てしまい、一時中断。卒業生の間から「がんばれ」という声が飛んだ。Aくんは咳をこらえて、ますます元気に最後の一人まで紹介文を読みあげた。

「次に、この場をお借りして、いつもささえてくださった先生方にお礼を申し上げたいと思います」

校長先生には落葉掃除のボランティアのお礼を、副校長先生には「秋楽会のドラム演奏かっこよかったです」、それから他学年の先生方、事務の先生や技術員の方、一人ひとりに、それぞれお礼の言葉を述べていった。いよいよ三年の先生方への言葉。

「一組のK先生、僕たちは美術の時間が好きでした。先生は僕たちに芸術の世界を正面から教えてくださいました。厳しいときでも、僕たちのことを真剣に思ってくださいました……」

まずは各クラスの担任への言葉。みんなの熱い気持ちをAくんは代弁してくれた。明るい声で学校生活を支えてくださった二組のN先生、「やるときは、やる」というパワーを与えてくださった三組のK先生。面白いお話を聞かせてくださった四組のU先生。

それから学年所属の先生方へのコメント。まず、保健室のR先生、ありがとうございました。先生はみんなのあこがれのお姉さんでした。

生徒会メンバーがたくさんコメントを寄せてくれたのは、この年度が終わると転任することになるだろうと言われていたベテランの二人に集中していた。教務主任のS先生と学年主任のC先生だ。

「S先生は、きちんと、何が正しくて何がいけないのかを教えてくださいました。強い先生でした。あたたかい先生でした」

式の司会をしていたS先生は泣きだした。いつも堂々としていて、何事にも動じないあのS先生が……。

「学年主任のC先生、本当に先生にはお世話になりっぱなしでした。先生の授業から、人としてどう生きていくべきかを学びました。先生は全力で僕たちを守ってくださいました。教えていただいたことを胸に、いつか立派な社会人になります」

C先生も大泣きしてくれた。職員席は熱くなっていた。もう卒業生たちも声をあげて泣いていた。

Aくんはここで再び校長先生のほうを向いた。が、何かを思い出したように、すぐにまた会場のほうを向いた。

「ちばさと先生のことを言うのを忘れていました」

会場を揺るがすほどの大爆笑。見回りのため体育館の外を歩いていらしたT先生があとで言った。

「泣き声が聞こえてるな、と思ったら、今度は突然、大笑い。びっくりした。中で何が起こっているんだろうと気になったよ。卒業式なんて、普通は静かに終わるものでしょう。こんなリアクションのある卒業式なんて、他にはないよね」

Aくんは、俺に対しても、あたたかい感謝の言葉を述べてくれた。

笑いが収まり、保護者へのお礼。

「僕たちがここまで大きく育ったのは、家族のおかげです。特に親にはたくさん迷惑をかけました。進路を考えるにあたっても、心配させてばかりでした。

これからは僕たちがもっとしっかりして、親をささえられるように頑張ります」

そして、彼は思いを込めて「ありがとう」と言った。保護者席からたくさんの涙がこぼれた。

去年の卒業式でも、生徒会長だったKくんが親に対する感謝を堂々と述べてくれた。彼の真っ直ぐな気持ちが心強かった。先輩の残してくれたあたたかい気持ちが、こんなふうに引き継がれていくのを見て、俺はじんわりと嬉しくなった。

「僕たちは上菅田中学校で学んだことを胸に自分の道を歩いていきます」

最後に決意を述べ、Aくんの言葉は終わった。体育館全体が震動しただろう。耳が割れるような拍手。熱狂的なライブのようだった。

式の最後に、卒業生全員の合唱披露がある。今年の曲は「旅立ちの日に」。司会のS先生が「卒業生合唱」と言うと、総務委員たちが立ち上がった。まず一人目の子が大きな声で、

「Aさん、一人ひとりにメッセージをありがとうございました。Aさんは最高のリーダーでした」

と言ってくれた。Aくんは「代表の言葉」を述べる役。誰も彼のいいところ

を言ってはくれない。そう思った総務委員たちがアドリブで言ってくれた「Aくんの紹介」だった。それから二人目の子が「今日、わたしたちは上菅田中学校を卒業します」と言い、三人目、四人目と、思い出をたどる詩を発表してくれた。涙をこらえて詩を読み上げる姿が、とてもよかった。それが終わると卒業生全員が起立し、感動の合唱。

上菅田中学校は、一見、ごく普通の学校だ。特別な方針を貫いているわけでもなく、特殊な設備を擁しているわけでもない。生徒も先生も、ごく普通だ。ずっとそう思っていた。

だが、この学校には、何かあたたかいものがかよっている。こんなに人を熱い気持ちにさせる何かが、ここにはある。

式を終えて、男子も女子も号泣しながら出ていった。担任の先生は両腕で生徒たちをささえ、最後の学活をするために教室へと歩いていった。

「さよなら」が始まる　定期券期限切れたまんまにしておく春に

離任式、花束、色紙、痛すぎる握手、泣き顔、ただ白い風

手を振って「またね」と言う子「また」と「ね」の間にわずか沈黙を入れ

上菅田中から戸塚高へ行く　教員異動の異は異状の異

予定表「平常授業」が増え窓に貼りついたまま乾いた桜

ちょっとでも生徒を笑わせたい　二年選択古典の準備たいへん

文化系の俺がバスケ部顧問になる　ゆっくりと目を覚ませ、ガリバー

チームのため一人で声を出す少年　孤独は熱とともに生まれた

「先生も一緒にバスケやりましょう」ナオトに言われバッシュを買った

指先を使え　ボールは見ず前を向け　部員から習うドリブル

思いつきすぐに忘れた詩を悼み空の馬鹿さの真ん中に立つ

ちょっと長めのあとがき——亜紀書房版

読者の中にはこの本を読んで「ちばさとは六年間で成長した」と思ってくださる方がいるかもしれない。だが、ちばさとは全く変わっていない。背は低く、運動神経もなく、顔も平凡以下。六年ぶん老けた。

この六年間を通して、自分が成長できたとは思えない。上菅田中を去り、今は高校で教えているが、まだまだ教員力が足りない。生徒とどういうふうにかかわるべきか、次の授業をどう展開すべきか、日々悩んでいる。

この本に書いた思い出があたたかいものになったのは、周囲の方々があたたかい気持ちを寄せてくれたからだ。いつもいつも誰かにささえられてきた。本当に頼りないちばさとだ。

＊＊＊

中一のとき、授業に集中できなかった子も、ケンカに明け暮れていた子も、他人の批判ばかりしていた子も、みんな成長する。三年生になれば授業で学問的に深い話ができるようになり、ケンカは激減し、人を責めるより自分を反省できるようになる。何度も、

「ちばさとなんて、最低！」

と投げつけるように言っていた子が卒業式直前になって、

「今になって、ちばさとの気持ちがわかってきた。ごめんね」

と謝ってくれたり、一年のときはただうるさいだけだった子が、三年になると教科係を真面目にやってくれたり。中学校での三年間はとにかく大きい。

上菅田中学校での六年目も終わりが近くなり、異動の希望を出す時期になった。たまたまいくつかの市立高校で国語科の教員を求めていると知り、軽い気持ちで「異動先　高校を希望」と書いた。中学校の三年間で生徒たちは成長する。その先をこの目で見てみたい、そんな気持ちもあった。

いろいろなやりとりを経た結果、横浜市立戸塚高校への転勤が決まった。W校長は、

「高校教員になれば、ますます文筆活動もはかどるでしょう。学校と執筆、両方頑張ってくださいね」

と激励してくれた。

つきあっている相手も母親も弟夫婦も親友も、転勤を大いに喜んでくれた。短歌の友人も、

「高校生は大人だからね。うるさい生活指導なんてしなくていいし、これからは自分の時間ができるよ。たくさん原稿が書けるね」

と言ってくれた。

思い出した。俺はもともと高校の教員になろうと思っていたんだ。でも、高校の採用枠が少なかったので中学校の教員になったんだ。よかった。転勤を素直に喜ぼう。

三月になると、去年の卒業生も、三年前の卒業生も、よく遊びに来てくれた。ちばさとがそろそろ上菅田からいなくなる、という噂が広まったらしい。久しぶりに会う子たちは、立派な高校生の顔になっていた。これからは、こういう生徒たちを相手にするんだ。

卒業式の翌週、二年生のあるクラスで最後の国語の授業をした。用意していたネタがちょっとウケて、ほのぼのと終わった。職員室に戻ろうとすると、廊下で女子に声をかけられた。

「ちばさと先生、どうか来年度も国語をお願いします」

そうか、ちばさともそろそろ転勤という噂は、二年生にも広まっているんだ。こんな俺に「来年度も」と言ってくれるなんて……。ここで泣いてはいけない。職員室まで走って逃げた。

その放課後、二年生の数名が職員室に来てくれた。

「あの、僕たち、ちばさとの真似ができるようになったんです。見てください」

職員室前で、彼らは俺のしゃべり方の真似を披露してくれた。みんなで大笑い。でも、そのあとで淋しくなった。先生の真似なんかしてくれるのは中学生までだろうなあ。高校生は大人だから、こんなふうに先生と遊んでくれることなんて、ないかもしれないなぁ……。

彼らと別れてから、涙が出てきた。高校に行けるのは嬉しい。でも……。

三月下旬、荷物をまとめて車に積んだ。中学校最後の日、一人で音楽室に行きピアノを弾いた。放課後、俺の下手なピアノに合わせて吹奏楽部のみんなで歌をうたったことがあったなぁ、個別支援学級のみんなと大声でうたったこともあったなぁ、と思い出したら、つらくなった。一曲だけでやめた。

年度がかわるころ、新聞で教員異動が発表された。その日、卒業生たちからたくさんのメールや電話をもらった。高校への転勤を驚く子が多かった。

「やっぱり、先生が上菅田からいなくなるのは淋しいです」

と言われ、ただ、

「ごめんな。ごめんな」

としか答えられなかった。

＊＊＊

四月、戸塚高校で新入生を迎えた。一年三組の担任になった。クラスでは、

「どうか裏でも表でも『ちばさと』と呼んでください」

と自己紹介した。学級通信も始めた。タイトルは、やはり「さわやか3組」。

翌週の月曜日、中学校で離任式。朝、七時過ぎに職員室に行くと、すぐに三年前の卒業生たちと、この春の卒業生たち（吹奏楽部のリーダーたちや、図書委員長や、ちばさと励まし係の子）がたくさん来てくれた。

八時から音楽室で吹奏楽部主催のお別れ会。一人ひとりがメッセージをくれた。さんざん泣かされた。子どものころのように「ヒックヒック」となった。深く

息がつけないくらいの状態。久しぶりの感覚。

八時半から職員室で先生方へお別れのあいさつ。きちんと、

「あたたかい職員室で先生方にたくさん学ばせていただきました」

と言えた。みなさん忙しい朝なので、短いあいさつにとどめる。

八時五十分から体育館で離任式。なじみ深い卒業生も、その保護者も駆けつけてくれた。職員室でのあいさつは、落ち着いてできたのに、生徒みんなの間を通って送り出されるときには、たくさんの生徒たちに握手を求められたり、頭をなでられたり、抱きしめられたりしているうちに、我慢できなくなり、また泣いてしまった。

かかえきれないほどの花束と、プレゼントと手紙の束を入れた紙袋を持ってタクシーに乗る。校長先生、副校長先生、列を抜け出してきた吹奏楽部員たち、みんなに手を振られて、大騒ぎの中を去った。

十時前に高校に戻った。新しい同僚が、

「すごーい。これ一人ぶんの花束なの？　こんなにたくさんの花、初めて見た」

と驚き、俺の顔を見てティッシュを渡してくれた。

＊　＊　＊

戸塚高校に来てから、廊下でいろいろな子に声をかけられた。

「先生って、上菅田中から来たんですよね。○○って知ってますか？　わたし、○○と塾が一緒だったんですよ」

この「○○」には、なつかしい上菅田中の卒業生の名前が入る。「塾」のところには「幼稚園」「小学校」「スポーツクラブ」などが入ったりもする。中には「親同士が知り合いなんです」「親戚なんですよ」というパターンも。

東京ディズニーランドのテーマ曲ではないけど「せーかいはせーまいー」という気分になる。

そして、声をかけてくれた子の多くは最後にこう言う。

「○○が言ってましたよ。ちばさとをどうかよろしくって。面倒みてあげてねって」

ありがたい。教員をやっていると、若い保護者がたくさんできる。

今、戸塚高校に来て四年目。中学校勤務時代と同じような気持ちで担任をしてみても、なかなかうまくいかない。高校生たちの思考力は、ときに担任を上回る。その反面、何かのきっかけでクラスの流れが変わることもある。課題も悩みも尽きない。ベテランの先輩方に教えられ、同僚に励まされ、自分のやり方を模索している最中だ。

だが、中学生も高校生も、ときに全く同じことを言う。

「先生って、本を書いているんですよね？　いつか、うちらのことを書いてください。一冊の本にしてくださいよ」

俺はうなずく。ただの相槌としてではなく、心をこめてうなずく。いつか、生徒たちから受け取ったさまざまな思いを、大きな作品にしてみたい。

この本を、上菅田中学校と戸塚高校の生徒たちに捧げたい。まずは、ものを書くきっかけと勇気をくれた、かつての中学生たちへ。そして、戸塚高校07期3組のみんなへ。いつも圧倒的な明るさをありがとう。俺は、このクラスの爆発的なパワーと生命力に驚いてばかりだった。みんなが励ましてくれたおかげで、どんな忙しい時期でも、夜中にペンを執ることができました。卒業後の大活躍を祈っています。

それから、いつも一緒にいてくれる戸塚高校バスケットボール部のみんなへ。いつか必ず、高校バスケを題材にした作品を書きます。目に見えない熱いものを、心動かされる瞬間を、どうもありがとう。

＊　＊　＊

上菅田中学校に勤務していた六年間に発表した短歌を中心に百八十六首（※時代に合わなくなった一首を削除したためこの『リターンズ』版では百八十五首になっています）を選び、それに書き下ろしのエッセイを組み合わせて第三歌集としました。

エッセイの中では個人情報を保護する観点から、生徒個人が特定されるような記述は避けました。また、いくつかの出来事については、複雑な背景を省略してあっさりまとめています。筆者と同じ時期に上菅田中学校にかかわってくれた、たくさんの人たちの思い出を残したい、そんな思いからこの本はできあがりました。不十分な表現があれば、それはすべて筆者の責任です。お読みくださった方々、お気づきの点など、ぜひお教えください。

学校のあり方について、さまざまな議論が展開されています。教育改革は、常に新聞やテレビでも大きく取り上げられています。短期間の動きをもとにして、生徒たちを混乱させるような改革が繰り返されるのは、とても悲しいことです。

学校は、生徒一人ひとりをじっくり育てていける場所であってほしい。そして、あたたかい場所であってほしい。争いではなく、ささえ合いをめざす場所であってほしい。まだまだ力不足の「ちばさと」ですが、この願いを持ち続けて日々、奮闘していきます。

常にあたたかいアドバイスをくださった亜紀書房の足立恵美さんに、この場をお借りして心から感謝申し上げます。

二〇一〇年七月　千葉 聡

リターンズ

そしてちばさとは、戸塚高校、桜丘高校を経て、二〇二一年四月、横浜サイエンスフロンティア高校へ行くことになった。

大きく、もっと大きくなろう

高校の教員になって十五年目。本名「ちばさとし」。わずか一字を削って、生徒たちは俺を「ちばさと」と呼ぶ。ときどき仲のいい先生方もこう呼ぶ。この四月、横浜サイエンスフロンティア高校に異動した。

「そんな、夢のような名前の高校があるんですね」

歌人の友だちは、みんなびっくり。

「夢のようなのは、名前だけじゃないよ。ディズニーランドみたいに楽しい学校なんだ」

俺はみんなに自慢した。まだ新しく巨大な校舎。普通科ではなく理数科高校。理科のすべての分野の実験室がある。五階の教室から見える富士山、鶴見川。若い先生が多く、職員室はあたたかく、熱い。

そして生徒たちは最強！　発想力の豊かな子が多く、授業中は、質問も発言もたくさん寄せられる。

「先生、逆に、こう考えることはできませんか？」

国語教師としては、もちろん教材研究をしっかりやってから教室に向かうのだが、ときに生徒の自由な発想に驚かされる。

古典文法を教えながら、俺は真面目な顔で言う。

「一年生で、係助詞を完璧に説明できる生徒は非常に少ない。千と千尋とチバサトシ、三人くらいだろう」

これはお得意のギャグである。元ネタは、いうまでもなく宮崎駿監督の名作『千と千尋の神隠し』。「神隠し」と「チバサトシ」、最後の「し」が響き合う。今までどのクラスでも、みんな笑ってくれた。

サイエンスフロンティアでも、みんな笑ってくれた。だが、笑うだけで終わらないのがサイエンス魂だ。すかさず最前列の男子が手をあげた。

「先生、三人じゃありません。千と千尋は、じつは同一人物だから、合計二人ですよ」

おぉ、すごい。そうだ、そうだ。盛大な拍手。ちばさと、負けた。でも、まだ赴任したばかりだ。ここで終わるわけにはいかない！　頑張るしかない！

月曜日の授業。芥川龍之介の「羅生門」を読む。俺が発言を促しただけで、生徒の口から鋭い指摘が飛び出す。主人公である若者は「下人」と書かれているが、ときどき「男」と書いてある。その違いについて、気がつけばクラス全体で議論している。議論に加わるために、どの子も熱心に教科書を読み返す。

「でもさ、ここにはこう書いてあるよ」

俺は何もしていないのに、なんだかいい授業になっている。すごい。さすがサイエンス生！　悔しいけれど、正直に言った。

「みんな、すごい。俺がいなくても、みんなお互いの力で学んでいける。すごいよ」

すると、みんな口々に言う。

「それは、どんな意見も、先生がきちんと聞いてくれるからですよ」

「ちばさと先生、聞き上手だから」

読者のみなさん、これを、完全なる敗北というのです。

「ちばさと先生、カフェテリアのランチの大盛りは絶対、頼まないほうがいいですよ」

生徒も同僚も、まだ学校に慣れていない俺に、いろいろ教えてくれる。「ありがとう」と真面目にうなずいて、たいていのアドバイスには従うけれど、ランチは生きる最大の楽しみだ。一度、大盛りがどれほどのものか試してみた。

「ちばさと、すごい！　チャレンジャーだね」

皿からあふれる白身魚のフライ、野菜の王国のようなサラダ、つややかな大盛りライスを前にした俺を見て、生徒たちは微笑む。

もちろんちゃんと完食しました。時間はかかったけれど。

食べ終わって、あたりを見渡す。廊下ですれ違ったときに少し元気がないように見えた子も、委員会の仕事で忙しそうだった子も、しっかり食べている。これだけ食べられるなら、きっと大丈夫。

何かあったらいつでも話を聞くし、教員として何でも助けてあげたい。でも、十代のこころは、大人よりも少し多く何かをかかえて、大きく成長しようとしているから、ときには見守ることも必要だ。

ランチタイムが、そのこころに寄り添うひとときになる。

窓際の席に置かれたノートには未完の数式　そのまま日暮れ

朝からタレント、リポーター

大学院に通っていたころ、研究会のなかに「わたし、馬場あき子先生の教え子でした」と話す先輩がいた。

「学校で教えていたころの馬場先生は、どんな方でしたか？」

「授業が面白くて、わたしたちをよく笑わせてくださいました」

俺も、授業で生徒を笑わせたい。「ちばさと先生の授業、面白いです」と言われたい。でも、きっと、授業のテクニックだけではダメだろう。短歌の会合で馬場先生に初めてお会いしたとき、俺がおずおずとご挨拶したら、馬場先生はすっと右手を差し出して

「あなたでしたか。お会いしたかった！」

と強く握手してくださった。俺は頰を赤くして「ありがとうございます」と言うのがやっとだった。

この握力。この人間力。いつか自分も持てるだろうか。

夏休み中、コロナウイルス感染がさらに広まった。サイエンスフロンティア

高校でも、残念ながら二学期の始業式は、一週間延期された。

九月に入ると分散登校。俺が担当している高校一年生は、二日に一度、登校する。登校しない日はオンライン授業。一時間目の前には、朝のＳＨＲ（ショートホームルーム）もある。

「学校生活が削られて、生徒たちも寂しく思っているでしょうね」

「こういうときだからこそ、明るく楽しい何かを提供したいね」

一年一組担任のカワセ先生と、副担任のちばさとは、「はかりごと」を立てることにした。朝のＳＨＲを「出席確認と連絡」だけで終わらせては、面白くない。生徒たちに「今日のＳＨＲ、面白かった。次回も楽しみだ」と言ってもらいたい。

一回目のリモートＳＨＲは、何事もなく終わってしまったが、次は面白くするぞ！　カワセ先生と「すばらしい景色を背景にして、ＳＨＲをやろう」と決め、校内のあちこちを見て回った。

「鶴見川をバックにしようか」

「川べりの道を、ときどき上半身裸のおじさんがランニングしていますからね。おじさんがいないか、きちんと確認しましょう」

二回目は、鶴見川をバックにすると逆光で、われわれの顔が暗く映ってしまうことがわかり、急遽、一階の廊下でSHRをやることになった。残念!

よし、場所にこだわるのではなく、内容で勝負だ。

次回は、カワセ先生に、牟礼慶子の「見えないだけ」という詩を朗読してもらうことにした。苦しい現実の向こうに、何かいいことがある。そんなメッセージを発したい。若きカワセ先生の声は、クリアで、豊かに響く。SHRの最初に詩の朗読があったら、テレビ番組みたいでかっこいいだろう。

いよいよ三回目のSHR。音楽室を借りた。俺がバックミュージックとしてピアノを静かに弾き、そこにカワセ先生が登場。詩の朗読が始まると、生徒たちからチャットを通して、いくつかの感想が届いた。やった!

その次は、「徹子の部屋」のテーマ曲とともに「カワ子の部屋」をお届けした。一年生に大人気の副校長、ヨシハラ先生をゲストとしてお招きし、「コロナでつらい思いをしているみんなへのメッセージ」をいただいた。

その後も、テレビの通販番組を真似してトークしたり、「リモート画面であっちむいてホイ」をやったり。たくさんの感想が寄せられるようになった。

登校日に、生徒たちが言ってくれる。「うちのクラスのSHR、攻めてますね」

「先生たち、人気ユーチューバーになれますよ」

カワセ先生と喜び合い、「次はもっと面白くするぞ」と話し合う。ＳＨＲを通じてやりとりができれば、自宅学習の日も、生徒たちを身近に感じられる。

でも、本当は、俺もカワセ先生も気づいている。ＳＨＲは、テレビ番組でも、YouTubeチャンネルでもない。われわれがどんなに面白いことを企画しても、それはテレビやYouTubeのクオリティーには勝てない。われわれに、もし勝てるところがあるとしたら、それは「生徒のために何か楽しいものを届けたい」という思いの強さだけだ。

朝からタレントやリポーターになったように、パソコンのカメラに向かう。明るい声をあげて、テレビ番組ごっこをする。「今日はどんな企画かな？」と楽しみにしてくれる子もいる。中には「先生たち、はりきりすぎてコケないかなぁ」と心配してくれる子もいるだろう。苦笑している子もいるだろう。

それでも、一組には、きっと思いが伝わっている。熱い思いを、しっかり受けとめてくれる生徒たちだと信じている。

リモートの授業のたびに「ありがとう」とチャットしてくれる野球少年

ちばさと、大型犬になる

廊下で会うたびにハイタッチを求めてくる子がいる。おでこをくっつけるようにして悩みを打ち明ける子もいる。友だちや親とのかかわりを話してくれたり、テスト前の不安を口にしたり、嬉しかったことを教えてくれたり、ときには「愛」について語ってくれたり……。

高校教師・千葉聡。生徒たちから「ちばさと」と呼ばれている五十三歳。学校は忙しいが、生徒たちといろいろな話ができるのは何よりの幸せだ。

昔の友に会うと、必ず言われる。

「ちばさとは、いいよな。毎日、若い人たちと話すことができて。俺なんて、誰も相手にしてくれない」

おしゃれなスーツを着こなす彼が「誰も相手にしてくれない」というのは、さすがに大げさだ。俺は横浜市の教員。公務員。俺の目には、有名企業で大きな仕事を担っている彼のほうが輝いて見える。

「俺なんて、チョークの粉にまみれて、授業中は冷や汗をかいて、放課後は陸上部で走って……。ごく普通の労働者だよ」

「そんなことない！　教員は特別だ。世間では、四十代以上の大人と、十代の若者が親しく話せる場なんて、ほとんどないんだぞ」

なんだか友人に、説教をされたような気分だ。たしかに彼の言うとおりかもしれない。歳の離れた人たちと、こんなにこころをこめて話せるのは、教員の特権なのだろう。

桜丘高校にいたとき、バスケ部や陸上部の副顧問をしていた。チームの監督をしてくれている若いメイン顧問が来ると、部員たちは背筋を伸ばし、大声で挨拶する。監督からかけてもらう言葉には独特の重みがあり、どの部員も、うなずきながら聞いている。その横で聞いている俺には、なんというか、とても晴れがましい、めでたい感じがする。

それに比べて、四十代の俺が練習に顔を出すと、部員たちは手を振ってきたり、「あ、ちばさとだ」と笑いかけたり、「今日も走る？」と声をかけてきたり。なんというか自然でフレンドリーだ。全く緊張感がないのだ。

あるとき、家で昔の映画を見ていたら、孤独な少年が、老いた大きな犬を抱きしめながら泣いているシーンが出てきた。これだ！　やっとわかった。俺は大型犬だったんだ。

若き監督は、同じ人間。その競技に精通していて、尊敬できる相手であり、あこがれの存在だ。だが、俺は大型犬。近寄ってくれれば手を振りたくなる。悲しいときにはそばにいてほしくなる。

子どもはよく犬や猫をかわいがる。でも、よく考えたら、そのペットたちはかなり歳をとっていたりする。十三歳の犬は、人間で言えばもうかなりのご高齢なのだ。

ちばさとは教員だが、大型犬的な教員だ。だから授業を持っていない生徒たちも気軽に寄ってきて、手を振って、なんでも話しかけてくる。そして、誰もが「ちばさと」と呼ぶ。つらいことがあると愚痴をこぼしに来る。本当の犬のように、ちばさとを抱きしめたりはしない（もちろん教員のほうから生徒に触れることは、絶対にしてはいけない！）が、近くに寄って、「ねえ、聞いてよ」と悩みを打ち明ける。

桜丘高校の陸上部の部員たちに「ちばさと大型犬説」を話したら、大いにウケた。調子にのって授業でも「どうせ俺なんて大型犬だから」と話してみたら、大爆笑。サイエンスフロンティア高校に異動してからも、この話をした。

いつものように学食で、お気に入りのカツカレーを食べていたら、授業で全く接点のない男子生徒が、声をかけてくれた。

「ちばさと先生、本当は犬なんですか？」

グリム童話では、よく人間がカエルや白鳥になる。その逆のパターンもある。ちばさとも本当は犬で、今はたまたま人間になっているだけなのかも。彼はそんな想像を楽しんでいたのだろうか。

「うん。そうかもしれない。だって、俺、みんなに大型犬のように思われているみたいだし……」

「それは、先生がうるさいことを言わずに、なんでも聞いてくれるからですよ。悩める人間に対して、犬が『そうなのか。じゃ、アドバイスしてあげよう』なんて言い出したら、誰も近寄らないでしょう」

思いがけない角度から、なんだかいいことを言ってもらえた。

大型犬になるのって、そう悪くないかもしれない。

青空と交わす約束　体操着の背は秋の陽を真面目に受けて

まさかのスカウト

学園ドラマでは、先生が生徒をスカウトする。

「今度の大会で、選手が一人足りないんだ。試合に出てくれないか？」

「君には才能がある。合唱コンクールで指揮をしてほしい」

若き熱血教師に説得され、俊足の生徒はサッカー部に入部し、芸術的なセンスを持っている生徒はクラスを優勝に導くのだ。

生徒たちから普通に「ちばさと」と呼ばれている俺は、「親しみやすさと元気な挨拶」だけがセールスポイントの教師だ。でも、せっかくサイエンスフロンティア高校に来たんだから、格好よく誰かをスカウトしたい。夕闇の迫る教室の隅にたたずむ少年や少女に、俺は声をかける。

「君には才能がある。いずれノーベル賞が狙えるだろう。俺と一緒に本気でサイエンスを学んでみないか？」

あぁ、こんなことが言えたら、どんなにいいだろう。言ってみたい。

だが、授業の準備に追われる毎日。授業に行けば行ったで、生徒たちの発言に助けてもらうばかり。俺が誰かを本気でスカウトする機会など、あるはずもなかった。

　夏休み前の放課後、いくつかの仕事が片付き、珍しく暇になった。ホールにあるピアノを、ちょっと弾いてみよう。舞台袖に向かう暗い通路を進むと、ピアノの前に誰かがいた！　男子生徒が真面目な顔でジョン・レノンの「イマジン」を弾いていた。目と目が合ったが、彼は堂々と弾き続け、曲は終わった。

「上手だなぁ」

「ありがとうございます」

「昔の曲を、よく知っていたね」

「親が洋楽をよく聴いているんです。それで好きになって」

　彼が「どうぞ」とすすめてくれたので、俺はピアノの前に座った。コロナ自粛期間に練習していたショパンを弾いた。彼はうなずきながら聴いてくれた。

「先生、頑張りましたね。独学でここまで弾けるようになったんですから、たいしたもんですよ」

「そう？　ありがとう」

「先生には才能があると思うな。次はここで、僕と連弾してみませんか？」

あれ？　これって、もしかしたらスカウト？　この言葉、俺が言いたかった！

彼によると、昼休みや放課後に、そっとピアノを弾きに来る生徒は、けっこういるらしい。

「次はぜひ連弾しよう」と言って、その日は別れた。

二学期も半ばを過ぎた、ある昼休み。一年生の女子が話しかけてくれた。

「ちばさと先生は、本を出していますよね」

「うん。短歌やエッセイや小説を書いているよ」

「わたしも本を書きたくて……。じつは少しだけ書いているんです。よかったら読んでくれませんか？」

その翌日、彼女が持ってきてくれたノートには、星新一のショートショートに似た小説が書いてあった。途中からぐーんと面白くなってきて、最後には意外なオチもついていた。

「これ、初めて書いた小説なの？　ラストには驚いたなぁ。すごいよ」

俺は褒めた。さぁ、ここでスカウトだ。「君には才能がある」と続けようとしたが、彼女はそれをさえぎった。

「先生は褒め上手ですね。プロの作家のご意見をもっとうかがいたいです。わたしと一緒に短編小説の研究をしてくれませんか？　先生には才能があります。これからますます活躍する大作家になります。その将来のためにも、ぜひ小説の書き方について共同研究しませんか？」

ん？　なんか俺、またスカウトされているぞ！

二学期も終わりに近づいたある日、女子二人組がやって来た。

「わたしたち、演劇部です。ちばさとをスカウトに来ました」

あぁ、とうとう、こんなに堂々とスカウトされてしまった。

「スカウトって、どういうこと？」

「ちばさとには、何か面白いところがあると思うんです。うちらの演劇に参加してみませんか？」

つまり、役者になれ、ということ？　聞くと、三年生を送る会のステージで劇を披露するのだという。

「よかったらぜひ、役者として出演してください」

「それから脚本を書くのも手伝ってください」

俺はまだ、この高校に慣れていない。いろいろなことが手探りで、ときどき悩んでしまう。

そんなちばさとを、生徒たちはなんとか元気づけようとしてくれたのだろう。

「スカウトしてくれて、ありがとう。じゃ、どんな劇をつくりたいのか、メモを書いて、持ってきてよ。それをもとに脚本を書いてみるからさ」

まさかのスカウト。驚いた。でも、なんだかしみじみ嬉しかった。ありがとう。ありがたくお引き受けします。

夢なんて、あるよ　ピアノの鍵盤のフェルトのカバーを投げ上げながら

この空へ一礼を

二〇二二年十月、サイエンスフロンティア高校の二年生は、「修学旅行」ではなく、研究発表を主とした「研修旅行」として沖縄へ行った。俺の最初の仕事は、京急の改札から空港へ続く通路に立ち、「こっちだよ」と呼びかける係。

朝五時半、最初の生徒、大いなるバッグに先導され空港へ

「ちばさと」になる　生徒らが「ちばさとだ」「あ、ちばさとだ」と手を振るたびに

遅刻した子を待ち、来ればともに走る　キャリーバッグは猟犬になる

飛行機の中で。

「青だけになった」と女子は女子に言う　飛行機の窓を指さしながら

バスの中で。

窓の外を見て「夏だね」と言ってから五秒もたたずに眠ってしまう

「もう着くよ」徳永先生声を張る　しおりをギュッとギュッと握って

平和祈念公園。

悲しみは痛み、痛みはひたむきで、戦に死んだ若者の手記

戦争で傷ついた人のまなざしの真っ直ぐさにただ立ち尽くす子よ

どれほどの叫び、無念、苦しみがあったか　曇り日の摩文仁《まぶに》の丘

平和祈念資料館を出て空を見て空へ一礼する少女あり

ホテルの夕食はバイキング。コロナ感染防止のため「静かに食べよう」と指導する。

一皿に中華、フレンチ、和食を盛る　世界平和もきっとこんなふうに

三組のマオト先生を祝うためささやき声でハッピーバースデー歌う

果たして、夜になった。

悩み深き生徒の悩みを引き受けてわが悩みとするハッチー先生

消灯後ひととおり廊下を歩く　今夜の俺は「オペラ座の怪人」

沖縄科学技術大学院大学で研究発表。発表も質疑応答もすべて英語で行なう。

質問を受けて黙った君が今、口を開《ひら》けば、その口を見る

拍手とは天から降ってくる　深く深く礼して発表終わる

質問をしてくれた人に「Thank you.」を言ってまた礼する君である

消灯前の点呼で、クラスの男子が「具合が悪い」と言ってきた。

熱の子とタクシーに乗る　暗闇の底かもしれぬ夜の中を行く

タクシーで中頭《なかがみ》病院まで　熱の子は耐えている耐えているなり

ドクターに「お父さん」なんて呼ばれればひとときこの子の父の顔する

真夜中の病院、自販機まで行進　熱の子に買うCCレモン

病院からホテルに戻れば午前一時。

先生たちは待っててくれた　打ち合わせ部屋でもらった濃く熱いお茶

ちょうどいいあたたかさなり　ツノッティー先生のくれる「お疲れさま」は

ついメールチェックしてしまった。

「急病の歌人のかわりにエッセイを」編集長から依頼のメール
四十分で一〇〇〇字のエッセイ一編を仕上げハイテンションの午前二時

旅行の直後にだいじな大会を迎える部が三つあるため朝練を実施する。

朝五時に集合、五時五分に開始　ひたすら走る海沿いの道
陸上部第四顧問として俺も走るのだった　潮風の朝を

最終日は国際通りで自由行動。

ジーンズを穿くと「ケンカが強そうな学生」になる平賀先生

「クレープを買っててバスに遅れるなど許さん！　走れ！」と俺も走った

その午後には機上の人となる。

ゲームする子も眠る子もいるなかに文庫本開く生徒三人

飛行機は光を裏切りながら飛ぶ　もっと果てなき光さがして

もっと長めのあとがき——リターンズ版

1　きっとここにいてくれる

ミホが亡くなった。しばらく闘病していた末に亡くなったという。

二〇二四年一月、冬休みが終わるのを惜しんでいた夜、ミホと仲がよかったハルナからのメールで知った。

ミホは、上菅田中学校の卒業生。俺が初めて「さんたん」をさせてもらった学年の一人だ。おしゃべりの楽しい、活発な女の子だった。

お通夜に行かなくては！　ご無沙汰をお詫びしたい。せめてひとことだけでもお別れを言わせてもらいたい。出会えたこと、一緒に過ごせた日々があったことへの感謝を捧げたい。

お通夜の場所を確認する。ネット検索すると、似たような名前の斎場が二つある。間違えないようにしなきゃ！　斎場の名前、最寄り駅、道順……。

上菅田中の思い出が次から次へと浮かんできて、頭が冴えているような、ボーッとしてしまうような、いつもとは違う感覚を味わいながら手帳にメモした。

お通夜の日。授業を二つ終え、いくつかの仕事を片付け、早めに学校を出た。ミホたちの卒業式から二十年、俺が上菅田中を去ってから十七年がたっている。夕方の相鉄線に揺られ、窓の外の暗くなってきた空を眺めては、「さんたん」学年の思い出に浸る。そして、ハッとする。今日は、この学年の卒業生たちもたくさん来るだろう。元担任の俺が悲しんだり、落ち込んだりしている場合じゃない。俺は、みんなを力づけて、守らないといけない！　しっかりするんだ！

もう窓の外が真っ暗になり、俺の顔が映る。よし、心を強くして頑張ろう！

駅を出て、手帳を見ながら歩く。斎場はすぐに見つかった。矢印の表示通りに進むと、もうみなさん集まっている。祭壇を見ると、大きな写真が飾られている。ミホの笑顔を見る。

ずいぶん久しぶりだから、すっかり別人のように見えて、それがショックだった。俺はいちばん後ろの席に座り、もう一度、写真を見た。

あれ……？

ちょっと落ち着こう。胸のなかで「落ち着け、ちばさと」とつぶやく。よく見ると、いや、よく見なくても、この写真、明らかに別人だ。俺はそっと立ち上がり、会場を出た。単純なミスだ。違う斎場をメモしてしまったのだ。

そのままタクシーをつかまえて、すぐにミホのいる斎場へ行こう、と思ったが、その前にやらないといけないことがある。俺は受付に行き、頭を下げた。

「本当に申し訳ございません。私、斎場を間違えてしまいまして、さきほどのお香典を返していただきたいのですが……」

受付にいた若い女性は目をくりくりさせてから、俺の顔を見ないようにして、笑いをこらえている。俺は、いろいろな種類の汗をかきながら、香典袋を受け取り、「本当にすみませんでした」と頭を下げると、外へダッシュした。

タクシーのなかで考えた。こういうマヌケなところが、いかにも「ちばさと」らしいな。世の中、辛いことも、悲しいことも、たくさんある。でも、マヌケな教員ちばさとの周りには、どういうわけか、笑える要素が必ずある。そのおかげで、今まで何度も助けられたのだけれど……。

ミホの斎場に着いた。なんとか間に合った！　二階へ駆け上がり、受付で懐かしい顔を見て、泣きそうになる。喪服の若者たちの横顔にも見覚えがある。そうだ。これはまさしく「さんたん」学年の子たちだ。よかった。みんなのいるところへ無事に着いたことが嬉しい。ホッとする。

お焼香が終わり、直会の会場へ。誰よりも優しいハルナは、俺の顔を見ると涙ぐんで「ちばさと、よく来てくれたね」と言う。周りの女子たちも涙ぐんでいる。

ここだ！　ここで元担任らしく「俺が来たから、もう大丈夫だ」とみんなを慰めなければ！　そうは思うものの、なんだかホッとしたら体中の力が抜けてしまった。

そして、こういうときも、みんなのほうが、俺の何十倍も強かった。

「ちばさと、学校を途中で抜けて来たの？　仕事、大丈夫？　忙しくなかった？」

と心配してくれたり、

「ちばさと、駆けつけてくれたんだから、まずは何か飲んで落ち着いてよ」

と飲みものをくれたり、

「ちばさと、あんまり変わらないね。まだ若いよ」

と励ましてくれたり。

そうかと思うと、別の誰かが「ちばさとは若い、っていうより、俺らを教えていたころに老けていたから、もうあまり変わらないんじゃね？」と言って微笑ませてくれたり……。

それにしても、みんながみんな「ちばさと」と呼ぶ。誰も「先生」なんて言わない。俺が担任していた「さわさん」クラスの男子たちは、わざと他の先生の名で俺を呼び、俺に「違うだろ！」とツッコミを入れさせる。みんな、お通夜だから大笑いはしないけれど、ほのぼのと旧交をあたためている。

ふと、ここにミホがいてくれるような気がした。いつも元気に飛び跳ねていたミホ。こうして、上菅田中のみんなの強い絆がある限り、ミホもここにい続けるのだろう。そうだ。きっとそうだ。

もっとここでおしゃべりしていたかったが、母が入院していたため、面会時間内に病院に行かないといけない。俺が失礼しようとすると、二人が「見送るよ」と一階まで一緒に来てくれた。そこへ、遅れて駆けつけてくれた子たちも加わり、またちょっと昔話に花が咲く。

「そういえば、うちの母さんが、ちばさとの出ていた新聞記事を切り抜いて、冷蔵庫に貼ってる。今も、毎日見てるよ」

「うちは、ちばさとが出たNHKのニュースを録画したよ」

「そうそう。ちばさとは、上菅田中のことを『飛び跳ねる教室』に書いてくれたもんな。子どもが大きくなったら読ませようと思って、本はだいじにとってあるよ」

そうか。「さんたん」学年の子たちも、もう三十五歳。結婚したり、お子さんがいたり……。俺の目には、まだ若者に見えるけれど、もう立派な大人だ。

俺はしみじみと言った。

「今、みんなは三十五歳。みんなを卒業させたときの俺と同い年だ」

「え？　そうなの！」

驚いたり、笑ったり。

上菅田中の卒業生に会うと、必ず『飛び跳ねる教室』の話になる。みんな、今もこの本を応援してくれている。本当にありがたい。

みんなと別れて大通りへ出た。相鉄線の駅まで走る。ミホのことを思い出すとやはり悲しくなる。でも、もう悲しいだけじゃない。悲しみは簡単には消えないけれど、そこにあたたかい思いが加わった。ちばさとは、これからもいろいろな学校へ行くだろうけど、みんなとのつながりがある限り、教室は何度でも飛び跳ねるだろう。

元少年少女たち、ありがとう。


一月の夜風なんにも寒くないぞ！　俺は行く　古いコートはためかせ

2　インタビューでまさかの……

短歌雑誌や文芸誌の隅に小さな原稿を書き、なんとか歌人を続けてきたが、ある日、とうとう大きなオファーがやってきた！

「雑誌のインタビューを受けてください。表紙に顔写真も載ります」

教職志望の大学生が読む雑誌、月刊「教員養成セミナー」からの依頼だった。巻頭インタビュー「Grateful Days! 天職を生きる」には、これまで教育改革をすすめてきた校長先生や、教育学の研究者が登場している。そんな立派なコーナーに、こんなマヌケな教員歌人が載っていいんですか？

でも、少し考えてから依頼をお受けすることにした。何事も経験だ。せっかくの機会だから、ここで学ばせていただこう。管理職の先生に、校内で取材を受ける許可をいただいた。俺はクローゼットからいちばんいいスーツを出し、きれいな色のネクタイを買った。

その日の午後、オオクボ編集長とカメラマンのオサナイさんが学校にいらっしゃった。会ってすぐ、お二人の目が笑う。

「千葉先生、その格好は？」

「このあと陸上部の部員たちと走るんで、トレーニングウエアを着ています。スーツを着て、ちょっと格好いいところを撮影していただこうか、とも考えたんですが、読者の方には、偽りのない、いつもの自分を見てもらったほうがいいと思って……」

なかなかスマートに格好いいことができないのが、ちばさとである。お二人に校内をご覧いただいたあと、応接室でインタビュー開始。

今、教員歌人として頑張っています。中学校と高校の国語教科書に、私の短歌が載っています。今まで歌集を七冊、若い人向けの単行本も数冊出しました。岩波ジュニア新書の『短歌は最強アイテム』は二刷に、『はじめて出会う短歌100』は三刷に、共編の『短歌タイムカプセル』は、なんと五刷になりまして……。そういうすばらしいお話をするつもりだったのだが、なんでも熱心に聞いてくださるオオクボさんの魔法にかかってしまい、気がつけば、俺は、教員デビューのころの大変さ、失敗、苦労をすべて話していた。

「上菅田中で最初に受け持った一年三組は、すぐに学級崩壊しました。生徒たちから『ちばさと、キモい』とバカにされ、一学期が終わったら、もう教員をやめるつもりでいました。でも、ある朝、クラスで『ちばさと、キモい』に対して、『キモくても、いいんです。キモいのが仕事なんです』と言い返したら、なぜかウケて……」

まさに『飛び跳ねる教室』の第一章である。「キモいのが仕事なんです」がちょっとウケて、クラスに明るい笑いが生まれたのはよかった。でも、だいじなのは、そのあと。

「その日の掃除の時間、いつもクールで静かな女子がやってきて、『今日初めて先生と目が合った。ちゃんと私たちのことを見てくれたよね』と言ったんです。そのとき、ハッと気づきました。俺は、今まで、生徒たちのほうを、ちゃんと見ていなかった。人として全くダメだった。そういうところを、生徒たちは俺に気づかせてくれたんです。

だから、次の日、クラスみんなの前でちゃんと頭を下げて謝りました。『昨日は、キモいごっこがウケて楽しかった。それで気づいたんだけど、俺の今までの態度は全くダメだった。本当にごめん。大学院も出ていて、自分は偉い作家のつもりでいたんだ。本当は中学校なんかに来たくなかった。生活もあるし、年もとってきたから教員になったんだよ。でも、そういう自分は人としてダメだった。これから俺は、いい教員になれるように頑張る。みんなと一緒に頑張るから、みんなも一緒に勉強とか、頑張ってほしい』と話しました。みんな『いいよ』と言ってくれて、それからクラスは少しずつ良くなって……」

オオクボ編集長は、始終、真面目な顔で聞いてくれた。さすがだ。だって、俺は当時のことを思い出して、つい泣きだしてしまったのだから。涙ぐんだ、くらいではない。涙が出てきて、あわててハンカチを出した。言葉がうまく続かなくて、深呼吸が必要だった。

その大久保昌彦さんに、この単行本『飛び跳ねる教室・リターンズ』をご担当いただいた。インタビューで大泣きしてしまうようなマヌケな著者にお付き合いいただき、大久保昌彦さん、どうもありがとうございました。

3　理系の超エリート高校での日々

横浜サイエンスフロンティア高校は東大や東工大をめざす生徒が多い、理系の超エリート高校だ。

異動の春　初めて歩く学習棟　今日から「いつも」にするこの廊下

鶴見川もっと輝け　真新しい校舎に怯《ひる》んでいる俺のため

エリート校　プリンターまで立派すぎて間違った書類二千枚刷った

「無理せずにゆっくり慣れてください」と同僚は叱らない（突っ込まない）

生徒たちは何を望んでいるのかと授業プランをまた書き直す

理系の生徒たちは、数学や理科に夢中で、国語には興味がないかもしれないなぁ、生徒たちとうまくいくかなぁ、と心配していたが……。

「先生って『ちばさと』っていうんですよね？」

着任したその日に、話しかけてくれた子がいた。

「そうだよ。なんで知ってるの？」

「だって、『飛び跳ねる教室』を読みましたから。親が持っていたんです」

他の子も声をかけてくれた。

「姉が桜丘高校に通っているんですけど、『今度、ちばさとがサイエンスに行くから、よろしくね』と言っていました」

人が、本が、さまざまな縁をつないでくれた。

ある日、廊下で声をかけられた。

「ちばさと先生、いちばん好きな文庫レーベルは何ですか？」

学校行事で大活躍してくれる活発な男子だ。なかなか面白い質問だ。俺のセンスが問われているぞ。さて、どう答えようかな……。

「俺は岩波文庫の海外文学が大好きなんだ。でも、新しい小説は、新潮文庫や講談社文庫で読んでいるよ」

こう言っておけばなんとか格好がつくだろうと思って答えた。だが、その男子は、俺のはるか上をいっていた。

「僕は、ちくま文庫が好きです。それから平凡社ライブラリーもいいなぁ……」

なんて渋い好みなんだ！　負けた！

生徒たちは、国語の授業中、学習内容が面白く豊かになっていくように、思いがけない角度から質問してくれる。『羅生門』を読めば、「芥川龍之介は、どうしてあまり副詞を使わないんでしょうか」と聞いてくる。『源氏物語』を読めば、「登場人物の心理を描くとき、よく水のイメージが出てくるように思えるんですが、どうしてですか」と聞いてくる。


質問一つもらって手汗二つ三つ、濡れてゆくゆく授業プランノート

さざなみが光っていると教えられ生徒とともに見る鶴見川

今、サイエンスフロンティア高校で十三期生の副担任をしながら国語を教えている。同じ学年の先生方は熱心だ。生徒たちも面白いが、先生方も面白い。二、三十代の若い先生が多く、みなさん、生徒たちの悩みに全力で向き合っている。戸塚高校のことは『今日の放課後、短歌部へ！』に、桜丘高校のことは『短歌は最強アイテム』に書いた。きっと数年後には、サイエンスフロンティアのことも一冊の本にまとめることになるだろう。

＊＊＊

サイエンスフロンティアでの日々を本にする前に、この『飛び跳ねる教室・リターンズ』を刊行していただくことになりました。二〇一〇年に亜紀書房より刊行された『飛び跳ねる教室』を全文収録し、「リターンズ」を加えました。時事通信出版局の大久保昌彦さん、当時亜紀書房にいらっしゃった足立恵美さん、どうもありがとうございました。亜紀書房版に熱い帯文を書いてくださった穂村弘さん、今回のリターンズに泣ける帯文を書いてくださった俵万智さん、一生の記念になる解説を書いてくださった枡野浩一さん。あこがれの方々に船出を祝福していただけたこと、心より感謝申し上げます。この本を、上菅田中の卒業生たちと、今、一緒にいてくれるサイエンスフロンティアのみなさんに捧げます。

学校をめぐって、さまざまな問題が持ち上がっています。不登校の生徒は増え、教員不足が叫ばれ、生徒も先生も疲弊しています。学校に来ることで人々が不幸になるようなら、学校というシステムはいらないんじゃないか、という声も聞こえてきそうです。

でも、若い人たちは、やはり人に大切にされてほしい。一方的に大勢の人に語りかけるリモート授業の先生や、瞬時に情報をまとめてくれるＡＩにではなく、ともに学ぼうと言ってくれるリアルな先生に、疑問をぶつけ合い話し合える友だちに、大切にされてほしい。

人に大切にされること、人に受け入れられることが、誰にとっても必要だと思うから。

生徒一人ひとりが本当に大切にされるように、さらなる少人数クラスを実現すべきです。先生たちがより生徒をだいじにし、いい授業を実践できるように、教員の業務を精選し、待遇を大幅に改善すべきです。子どもたちをだいじにできない国に、未来はありません。
まだまだ十分なことができていない私ですが、学校が人々にとって大切な場であってほしいという願いを抱きながら、この本をみなさんにお届けします。

二〇二四年二月　千葉 聡

解説

ちばさととももっと早く接してこなかったことを僕は悲しもう。

枡野浩一

ちばさと、こと千葉聡とは同い年。誕生日も近い。この原稿を書いている時点で55歳だ。

歌人として過ごした半生を振り返ったとき、最初に頭に浮かぶのは、「もっともっと若いころから千葉聡と仲よくしておけばよかった」という後悔だ。もう、とりかえしがつかない。

今は仲がいいほうだけれど、お互い忙しくて数年に一度しか会わない。あの「ニューウェーブ」という謎のムーブメントを背負った三人衆、穂村弘と加藤治郎と荻原裕幸のように若いときから苦楽を共にし、共に歳をとりたかった。けれども若い日の僕は千葉聡に近づこうとしなかった。嫉妬していたのである。

短歌の新人賞で、その年の候補者のだれよりも選考委員に熱く語られたのに賞は結局とらなかった、という事実を自分で積極的にアピールしてデビューし、そのコンプレックスを今なお完全には克服できていない枡野浩一。

対して千葉聡は、短編小説かと思うようなシャープな連作「フライング」にて、あの寺山修司を世に出した賞をルーツとする短歌研究新人賞を受賞し、颯爽とデビュー。受賞作を含む第一歌集『微熱体』の帯には、穂村弘と加藤治郎と荻原裕幸の推薦文が輝いていた。

その悔しさを今の「短歌ブーム」の渦中にいる若い歌人たちは想像することができるだろうか。千葉聡の短歌は爽やかで、モテそうだった。対して枡野浩一の短歌は意地悪そうで、本人はそんな意識がないのに「うまいこと言おうとして言ってる感」などと評される。

いわゆる師匠らしい師匠を持っていないのは千葉聡も同じだけれど、彼は林あまりや穂村弘や東直子も参加してきた同人誌「かばん」に所属していて、仲間も多そうだった。同じグループではないのに加藤治郎が千葉聡のことを書いたエッセイも昔読んだことがあり、「僕以外みんな仲よしかよ！」と孤独感に苛まれた。穂村弘が何かの雑誌で、友達が欲しいから電話ください、みたいなことを書いていたのをまにうけて、本当に穂村弘の電話番号（昔は個人情報が短歌雑誌に載っていた）を探し出し、面識もないのに電話をかけ、しばらくは会話に付き合ってくれた相手に途中で「歯が痛いから電話切ります」と宣言されて本当に歯が痛いのだと信じていた二十代の、書けば書くほど危険人物に思える枡野浩一。

だからインターネットが普及し始めたころ（「ノストラダムスの大予言による地球が破滅する年」の前後だったと思う）、当時盛んだった「電子掲示板」という見知らぬ人々が集うことのできるツールで千葉聡と邂逅した日、僕は妙に冷たい態度をとってしまった。

たしか彼は、教員をめざす学生の多い大学の同級生が、枡野さんと高校時代に親しかったみたいですね、と話しかけてきてくれたのだ。その同級生はイニシャルで表現するとエヌくんで、エヌくんは一卵性双生児だった。兄弟どちらと同級生だったのかは聞いたけれど忘れてしまった。高校時代の僕は、双子の二人ともと友達だった。最初は高校の図書室で、同じドラマの感想をいつも二回言う不思議な男子がいるなあと思っていた。感想を二回言っているのではなく、二人だったのだ。

兄弟の片方とは同じクラスにもなって、同級生のエヌくんとはキャッチボールもした。枡野浩一とキャッチボールしたことのある人物はこの世にエヌくんと父しかいない。父は他界したのでエヌくんが元気ならエヌくん一人だ。なぜなら僕は野球が大嫌いで、父が無理やり野球をやらせようとする以外、体育の授業以外でボールを持たない男だったからだ。そんな僕にキャッチボールをさせようと誘い、僕もつい乗ってしまうなんて。相当いいやつだということがこの説明でわかると思うが、そんなエヌくんと親しかった千葉聡も相当だ。

千葉聡は相当いいやつなのだ。短歌が爽やかすぎて、本当はどす黒いものを隠しているのではないかと、ひねくれ者の歌人たちは考えるかもしれない。ひねくれ者が多数派の歌壇において千葉聡が過小評価されているのも、爽やかでストレートな短歌を見下す空気が当たり前に歌壇に蔓延しているからではないか、と言ったら言い過ぎだろうか。言い過ぎだ。しかしここでは言い過ぎておきたい。それほど千葉聡は過小評価され続けてきたと思う。

みんなが大好きな穂村弘の、刊行当初は歌壇に冷たく扱われたけれども下の世代から圧倒的な支持を受ける歌集『手紙魔まみ、夏の引越し（ウサギ連れ）』は、千葉聡が切り開いた「そこまでストーリーっぽくしてもいいんですか」と驚くような連作の構成の方法を、きっと参考にしている。穂村弘本人がそのように発言したことはないかもしれない。でも枡野浩一が繰り返しインターネットでそう指摘をしても、本人から「そんなことはない」との反論はない。まあ漫画界の小池田マヤが業田良家に影響を受けていると言えるとしたら、穂村弘が千葉聡を参照していると言っても過言ではないのではないか。過言ではない。

昨今の、エモーショナルであることを最上の美質とするような口語短歌の元祖として、千葉聡を再評価するくらいでないと歌壇は、歌人はだめだと思う。かえすがえすも、せめて僕が若いころから評価しておけばよかったよ。「千葉聡の短歌連作は小説すぎる。これを小説の新人賞に応募して受賞したなら画期的だが」みたいな嫌味を書いてしまったよ、当時。

短歌アンソロジーの類には一切呼ばれたことがないだけでなく、自分で買った短歌アンソロジーのコラムで枡野浩一の批判が延々書いてあるのを読んだことのある僕は、「枡野に声をかけて断わられたとかならまだわかるが、声もかけずにこの仕打ちですか」と思った。敵がどうでもいい歌人ならよかったが、短歌を始めた初期「目標とする十首」として手帳に書いていた短歌の作者だった、批判者は。のちに「早稲田短歌」という学生短歌会のインタビューでその批判に言及し、いかにも平気であるかのような発言もした僕だが、本当に傷ついたし、歌壇にはがっかりした。自分を受け入れなかった歌壇を必要以上に仮想敵とし、若気の至りとしか思えない発言を繰り返していたのは僕だから、自業自得だが。

初めて寄稿した短歌アンソロジー『短歌タイムカプセル』に、なぜ参加したかというと、企画者の一人に千葉聡がいたからである。東直子＋佐藤弓生＋千葉聡という、「これなら関わっても大丈夫だろう」と思える編者だった。

そして近年は、トークイベントなどで千葉聡と話す機会も増えた。彼は公務員だからという理由で謝礼を受け取らない。いつも枡野浩一が歌壇に対する呪詛をすらすらと話し、それをやんわりと千葉聡が別の地点に着地させる感じでやりとりが進む。でも、千葉聡にだって不満は絶対にあるはずなのだ。たとえば穂村弘と加藤治郎と荻原裕幸による帯文も、「もっと上の世代の歌人にも帯文を頼むべきだ（こんなニューウェーブ歌人だけでなく）」との批判を受けたことがあったそうで、そんなことを歌壇の外にいた僕は知らなかった。ごめん、ちばささと。ただただ嫉妬していたよ。

オンラインで枡野浩一短歌塾というのをやっていたことがあり、その受講生の一人に、木下侑介がいた。彼は穂村弘にも絶賛された、

目を閉じた人から順に夏になる光の中で君に出会った
（木下侑介『君が走っていったんだろう』）

という一首で有名だけれども、これを読んだときに千葉聡の新人賞受賞作の中の一首、

明日《あす》消えてゆく詩のように抱き合った非常階段から夏になる
千葉聡（「フライング」）

をどうしても連想してしまう、と木下侑介には伝えた。木下侑介が最初に買った歌集が千葉聡の『微熱体』だというから、あながち自分の感想はまちがっていなかったのだろう。それから何年も経ち、木下侑介が第一歌集を出したときのプロデューサーが千葉聡だ。千葉聡、木下侑介、枡野浩一の三者でオンライントークもした。長い歳月が流れたものだ。

本書は、長い歳月の中で常に過小評価されてきた千葉聡の、最高傑作かもし

れない。出版界が苦しい中、本書が復刊すると聞いたときには、「今どき奇特な出版社もあるものだなあ」と思ったけれど、そうか、この本ですか。「キモくても、いいんです。キモいのが仕事なんです」という名台詞をよく覚えていた。千葉聡が、荒れる中学校で教えていた時代に書かれた一冊だ。授業を聞かない中学生のために、『千一夜物語』よろしく面白い話を聞かせてあげて、だんだん「ちばさと」先生は生徒たちに愛されていくようになる。久々に全体を読み返したら、面白くてびっくりした。

これって、NHKでドラマになってもいいんじゃないか？　中沢健原作の『初恋芸人』のようにBSも合う。あるいはカルト的人気で映画化もされたドラマ『おいしい給食』みたいなテイストなら、民放ドラマでもいい。

著者本人が「第三歌集」であると宣言しているが、本書は読ませるエッセイが「詞書」の役割を果たしている正真正銘の歌集である。

太陽を刺すように干したデッキブラシ　いつか日陰の真ん中にある

ああ、青春そのものだ。

「傘じゃなくビニール袋をくれ」というKに袋と傘を持たせた

こういうことをするのが僕の知る千葉聡だ。

活用を黒板に書く「悲しもう」「悲しめ」なんて言うことあるの？

あるよ。千葉聡ともっと早く接してこなかったことを僕は悲しもう。枡野浩一よ、悲しめ。

「詩を作れ、書け」ではなくて「詩になれ」と教えた俺の恥ずかしいこと

という一首を読むと僕の好きな千葉聡短歌、

二人組ばかりの街で僕は今、一首だ。ざらつく一首でいよう

（『そこにある光と傷と忘れもの』）

を思いだす。千葉聡にとって短歌は肉体だ。

ケンカした子の腕と肩の熱いこと　いくらでもなんでも話を聞こう

肉体でぶつかってきた若き他者たちが、彼の書き手としての財産になっていると思う。

ベストセラー作家になって教員をやめたいと思う　五限が始まる

いや、だめだ。千葉聡はたとえベストセラー作家になっても、教員を続けなくてはだめだ。

ケガの子を背負う　背の子は空を背負う　飛行機雲の向こうへ行こう

飛行機雲の向こうへ行く日を夢みてこそだ。55歳。今後はもう少し会おう、ちばさと。

きょうは、この本の中で会えて、よかった。

千葉 聡（ちば・さとし）

1968年、神奈川県生まれ。第41回短歌研究新人賞を受賞。著書に『微熱体』『短歌は最強アイテム』など。現在、横浜サイエンスフロンティア高校に勤務。國學院大學、日本女子大学の兼任講師。

飛び跳ねる教室・リターンズ

2024年7月7日　初版発行

著者　千葉 聡
発行者　花野井 道郎
発行所　株式会社時事通信出版局
発売　株式会社時事通信社
〒104-8178　東京都中央区銀座5-15-8
電話03（5565）2155 http://book.jiji.com

デザイン　大﨑 奏矢
印刷・製本　中央精版印刷株式会社
編集　大久保 昌彦

落丁・乱丁はお取り替えいたします。定価はカバーに表示してあります。
※本書のご感想をお寄せください。宛先はmbook@book.jiji.com

ISBN978-4-7887-1915-6 Printed in Japan